# 葭の堤

女たちの足尾銅山鉱毒事件

秋山圭

作品社

# 葭の堤——女たちの足尾銅山鉱毒事件

目次

# はじめに

渡良瀬遊水地は栃木、茨城、群馬、埼玉四県にまたがる面積三十三平方キロ、周囲約三十キロの、日本最大の遊水地である。大半が葭《よし》の原に蔽《おお》われた湿地で、その広大な空間、豊富な水や緑はさまざまな動植物をはぐくむ自然の宝庫である。また現在はウインドサーフィン、カヌー、ボート、釣りなどのスポーツやその他の行楽のための絶好の場所として、多くの人々に利用されている。

渡良瀬遊水地の南の一部を六メートル掘り下げて作ったハート型人造湖が谷中湖で、この水底には明治の終わりまで農業と漁業を生業《なりわい》とした旧谷中村の大半が眠っている。谷中湖によって水没させられた村である。

もともと谷中村は足尾の山に源流をもつ渡良瀬川に沿った農村で、旧幕時代に築かれた三里半の堅牢な楕円形の堤（官有堤）と一里にわたる天然の高台によって村民の暮らしは安泰に守られていた。堤防の中は堤内、外は堤外と呼ばれ、堤の上を堤上と呼ぶ。

明治中期以前の渡良瀬川は、三年おきぐらいに氾濫したが、同時に上流から腐葉土などの天然肥料をもたらして農地を肥沃にしたため、肥料を入れなくても米、麦、その他の雑穀のゆたかな収穫を得られるめぐまれた土地だった。川のめぐみもあり、川いっぱいに網を張るとウグイ、コイ、マスなど多種類の魚が多く獲れた。また川辺に密生する葭は後に農家の副業のヨシズ作りなどにも利用される資源となった。

この渡良瀬川が鉱毒を運び込む災厄の川に変貌したのは、明治十七年に大鉱脈を掘り当てた古河市兵衛が渡良瀬川上流において足尾銅山の操業を本格的に始めてからである。

この銅山は慶長年間に発見されて以来幕府直轄で経営され、一時は繁栄を誇ったが幕末期には衰退していた。

ここに目をつけた古河市兵衛は足尾銅山の権利を取得し、民間企業の銅山会社を操業しはじめた。最初は赤字経営だったが、その後次々に大鉱脈を掘り当て、業績は飛躍的に伸びた。その一方で銅山会社は煙害を発生させ、林野を枯死させるなどの結果を招いた。

また銅の精錬、杭木などに要する多量の木材を得るため、足尾の山林を乱伐したことにより山の保水力を奪ったから、大雨が降ると水は鉄砲水となって周りの岩石を崩して押し流す。さらに銅の精錬過程で出た銅分を含んだ廃鉱石やカラミと呼ばれる滓《おり》を川に捨てたため、その沈殿で川床が高くなり、洪水は以前よりひんぱんにおきるようになった。いったん洪水がおきれば渡良瀬川に依存する沿岸住民に甚大な被害を与えることになる。

沿岸住民はその被害が足尾銅山の鉱毒によるものだとうすうす感じてはいたが、明治二十三年八月におきた大洪水によって、ようやく被害を与える元凶は鉱毒であるという確証をもつに至った。洪水は銅などの重金属を含む鉱毒を運ぶため、稲は冠水しただけで腐り、穂がでない。桑の木は黄色く立ち枯れ、孟宗竹は根っこまで腐り、片手でもたやすく抜けた。樹齢二百年の欅《けやき》の木も根元がやられ切り倒さなければならなかった。魚類も大量死し、カメ、カエル、ヘビさえも死んだ。

明治二十三年に五十歳で国会議員になった田中正造の当時の主な関心事は、立憲政治の確立や、所属する改進党の党勢拡大であり、鉱毒問題にはまだそれほど熱心ではなかった。だが翌年明治二十四年になってようやく渡良瀬川沿岸の鉱毒被害の容易ならぬことを認識した。そこで彼は、東京専門学校（現在の早稲田大学）出の青年左部彦次郎らの協力を得て、鉱毒被害の綿密な調査に乗り出した。そして得た調査結果をもとに正造は、明治二十四年十二月、開会中の第二議会において足尾銅山鉱毒事件についてはじめて質問した。その内容は、政府の銅山会社に対する措置が手ぬるいことを非難し、被害民を救済する方法及び今後の鉱毒防止対策についてであった。追及の根拠とするのは憲法第二十七条の中の国民の所有権を侵してはならないという条項、及び、鉱業条例の規則に、公益に害あるとき、農商務大臣はこれを停止させることができるという条項等であった。

当時、進歩党（改進党の改名後の名称）は第二次松方内閣と提携していた。その中にはかつて正造の自由民権運動時代の同志だった人々が政府の要職についていた。大隈重信が外相、志賀重昂が農商務省山林局長、肥塚竜が同省の鉱山局長等である。このことを正造は心強く思い、議会では彼らが必ずや自分の主張に同調してくれるものと信じていた。

だが予想は外れた。元同志たちは正造の鉱毒被害民救済の願いを無視した。正造はひどく落胆したが、めげずに、鉱毒水に汚染され変色した竹や藁や桑の枝を国会に持ちこむなどして被害の実態を訴えつづけた。

正造は、時の農商務大臣陸奥宗光の息子が古河市兵衛の養子であることなども政府の対応を鈍くしていると考え、暗にそれを指摘し、政府がとるべき公正な姿勢を求めた。

だが陸奥宗光は、被害が必ずしも鉱毒によると断定できぬとか、被害の原因は分析中などと逃げる一方で、銅山会社が鉱物流出を防ぐ粉鉱採集器を外国から取り寄せる予定であるなどと矛盾した返答をした。

正造の政府糾弾は熱を帯びた。糾弾の根拠は憲法だった。彼は自由民権運動の成果として今の憲法ができたという自負をもっており、この憲法に基づき国民の人権と生活を守るのが国会だと考えた。

明治二十五年十二月、栃木県知事は古河市兵衛と被害農民に示談をもちかけた。示談金は肥料代ほどのわずかな金額で、いったん受け取ったら会社が導入した粉鉱採集器の試験的使用の三年間は被害について文句を言わない、という条件つきだった。

栃木、群馬の渡良瀬川沿岸の四十三カ町村が示談に応じた。正造は政府追及の手をゆるめず、第三議会では語気強く鉱毒被害を放置する政府の怠慢を批判した。

そのときの田中正造議員の姿は雑誌で次のように記されている。

翁の背はそれほど高くなく肩幅の広い屈強そうな体格である。お椀大の五つ紋を染め抜いた垢じみた木綿の着物を着て、ボサボサ乱髪のまま演壇へ上がる。激してくると、左右大きさの違う両目がらんらんと光り、唾沫を四方に飛ばしながら大音声で大臣、議員たちを面罵する。まるで満身の毛穴から憤怒が噴き出すよう。

（『成功雑誌』大正二年十月号）

しかし、正造がいかに追及しても政府は依然として困窮する被害民に理解も同情も示さなかった。正造は怒りと失望のあまり、大隈重信邸の庭に鉱毒で固まった土くれを投げこんだことさえある。

明治二十七年八月、日清戦争がおき、世間の目はそちらに向けられ、鉱毒への関心は弱まった。田中正造自身も日清戦争に賛成だったため、銅増産の必要性からも沈黙せざるを得なかった。その間にも示談に応じる被害民は増えていく。銅山側はそれに乗じ、示談の期限がまだこないうちから新たに渡良瀬川沿岸の一部の村と永久示談を結んだ。

永久示談とは名の通り、永久に被害民は苦情を申し立てないというものである。

前回の示談には口を閉ざしていた正造だが、今回の永久示談には黙っていられず、そのようなものに応じないようにと被害民たちを説得したが、いくつかの町村がこれに応じた。

明治二十八年と翌二十九年七月、八月、九月にあいついで大洪水が渡良瀬川沿岸の村々を襲い、被害激甚地の田畑には二十五センチもの厚さの毒土が積もった。農作物も川の魚類もほとんど壊滅的な被害を受けた。沿岸地域の中でも特に輪中のような谷中村はひとたまりもなかった。切れた堤防からなだれこんだ濁流は人家を木の葉のように押し流し、洪水がおさまった後も水がひかず、隣家を訪ねるにさえ舟にたよる場所があちこちにできた。しかし、永久示談を呑んだものたちは何の要求も出せない。ここにきてようやく彼らは銅山会社の欺瞞に気づいた。

正造は日清戦争後、戦術を変えた。これまでは鉱毒が田畑を荒廃させ作物の収穫を減少させるなどの目に見える被害にとらわれていたが、今後は、すぐに目には見えなくても、じわりとやってくる健康問題、精神の荒廃、生活困窮などを防ぐために、足尾銅山の操業そのものをやめさせる請願運動に舵を切ったのである。

正造は再び活発に動きはじめた。新聞も演説内容を詳細に報道したため、この問題は広く社会に伝わるようになった。正造は各地で演説会を開き自ら世論に訴えた。また彼は広く鉱毒被害民を結束させるため有志らとともに、雲龍寺に群馬、栃木両県鉱毒事務所を設置した。これに応じた被害民たちは明治三十年三月、第一回大押出し（集団請願）を行い、銅山会社操業停止を迫ったが、政府は何の対応もしないままだった。怒った被害民たちは第二回目の押出しを行った。

ここにおいて政府もついに無視できなくなり、ようやく鉱毒調査委員会を内閣に設置した。この委員会は銅山会社の操業停止ではなく、三十数項目の「予防工事命令」を会社に出し、会社に実行させる案を出した。会社は命令に従い予防工事を行ったが、その効果はきわめて薄く、洪水のたびに甚大な被害が出る状況は以前と何も変わらなかった。

翌明治三十一年九月、第三回目の押出しが行われた。二千五百人余の被害民たちが東京足立保木間までたどりついたとき、報せを聞いた田中正造は保木間へ急行し、国民の請願権は憲法で認められているが、示威行動的な集団の請願までは予定していないとして、押出しの一行がそれ以上進むことをやめさせた。正造は政府に失望しつつも、まだ自分たちの政府だと思うところがあったのだろう。

被害民たちは正造の説得に応じ、五十名の代表を残して引き下がった。

だが政府はこうした正造の配慮をまったく顧みなかった。

明治三十一年には政界に大きな変化がおきた。自由党、進歩党が合同して憲政党となり政権を担当したのだが、初の政党内閣に対する旧守派の攻撃は激しかった。また憲政党内の醜い猟官運動が目に余った。新政府のこの体たらくに、正造は失望と不信感を募らせた。

憲政党は党内が分裂して、わずか四カ月で内閣は総辞職。第二次山県内閣が成立した。

内閣は軍備拡張などの財源を得るため地租税増徴案を議会で通過させ、その見返りとして、議員歳費を八百円から一挙に二千円に増額する案を出して可決された。

正造は国民が苦しんでいるのに国会議員がそのようなものを受け取るわけにはいかないと抵抗し、歳費の受け取りを拒否した。政界における正造の孤立は深まった。また歳費を返上したため、生活費にも困り、甥の原田定助の援助に頼ることになった。

明治三十三年の第四回目の押出しでは、正造は押出し勢を積極的に応援した。

二千余の押出し勢は竹槍などももたぬ非武装で東京へ向けて進んだ。彼らが群馬県川俣まで来たとき、にわかに二百人もの警官、憲兵が彼らに襲いかかった。今回は絶対に東京へ進入させないという強い意志が政府側にあったのだ。被害民たちは蹴散らされ、指導者と思われる約百人が逮捕され、投獄された。世にいう川俣事件である。

田中正造は、憲法に基づく請願権を行使した非暴力の被害民を官憲が暴力的に弾圧したことに憤り、国会で、これは「亡国」に至る道だと長演説したが、山形有朋首相は演説の内容が意味不明につき回答に及ばず、と切り捨てた。

投獄されたものたちの裁判は明治三十五年に事実上全員が無罪ということで決着したが、長期にわたる裁判は被告たちに鉱毒の苦しみの上に裁判の苦痛まで背負わせることになった。

正造は裁判の傍聴席でこの裁判が荒唐無稽であることを示そうとアクビをしたため、官吏侮辱罪で四十一日間投獄された。押出しは第五回目、六回目も行われた。

明治三十三年、三十四年の大洪水で被害民は決定的に追いつめられた。健康面にも影響が表れ、住民たちは眼病、胃腸病にかかるもの、子どもは死産、発育不全などが増えた。

田中正造の国会における鉱毒追及は十年に及んだ。議員生活の後半は同志議員島田三郎以外の協力はほとんどなく、孤立無援だった。いかに至誠をもって訴えても、国民の痛みが通じないような議会ならないに等しい。これこそ憲法破壊、人道破壊と断じた田中正造はついに党を離れた。さらに明治三十四年十月、彼は議員を辞職した。六十一歳だった。

同じ年の十二月、鉱毒問題を訴える最後の手段として、正造は天皇直訴に及んだ。だが、直訴状を差し出す直前に転んだために目的を果たせず、警察署に拘引されたけれども、特に罪になることはなく釈放された。

この件で世論は沸騰、谷中村への関心は再び高まった。心ある名士、知識人、宗教関係者の谷中訪問は引きもきらなかった。特にキリスト教婦人矯風会幹部らの献身的支援は大きかった。

また毎日新聞社（現在の毎日新聞社とは別）記者の記録「鉱毒地の惨状」が明治三十四年十一月から六十回、毎日新聞紙上に連載されるや、世間の注目はさらに高まった。田中正造が天皇直訴をして鉱害を訴えようとしたことに狼狽した政府は、これ以上無視することができなくなり、第二次鉱毒調査会を作って対策を練った。

その結果、渡良瀬川の洪水防止措置として最下流の谷中村を買収し遊水池にする案が出された（明治四十一年から政府は潴水池《ちよすいち》という言葉を使いはじめたが、時によって従前のように貯水池、遊水池などとも表現し、一貫性がない）。

正造は鉱毒問題が治水問題にすり替えられたことに反発し、肝心な水害防止策は利根川本流を狭めている七、八里下流の関宿の石堤を取り除くことだと主張した。

しかし、明治三十七年二月に勃発した日露戦争によって国民の谷中村問題への関心はまたもや薄れ、外部からの支援者もめっきり減った。

その年の七月、田中正造は谷中村に移住した。村人と暮らしをともにしながら鉱毒問題に関わり、事の本質を見極め、真の解決を図るためであった。一方、県議会は明治三十七年十二月に秘密会で谷中村買収案を可決させた。政府の補助予算も国会を通過した。

明治三十九年七月、谷中村はついに廃村ときまり、藤岡町に合併された。

村では廃村ときまる前から別の土地に移住するものが増えていたが、県はまだ堤内地に残っているものたちに対して土地の買収工作をはじめた。県の担当者のほか、新たに県の土木吏や藤岡町の買収事務所員を募り、谷中村の買収を促進させる任に充てた。

それでも買収に応じない被害民への切り崩しは露骨に強まった。切り崩しに負けるなという正造の必死の説得にもかかわらず、被害民たちの結束力は急速に弱まった。

村はかつておよそ四百五十戸、人口は二千七百人を数えた。うち三百八十戸が堤内にあったが、明治三十九年九月に残るのは百戸を割った。その後も減りつづけ、五十戸足らずとなった。これらの村人は執拗な買収員の説得にも応じず、残留する意思をもつということで、残留民と呼ばれるようになったが、その残留民も減少しつづけ、最終的には堤内、堤外合わせて十六戸を残すのみになった。

県は四十年に土地収用法をもって、買収案を受け入れないものの家屋を強制破壊するとの通告をした。

田中正造はこのときすでに六十七歳。老軀に鞭うち、ひたすら被害民を守る運動に明け暮れるのは、谷中村こそ憲法、人権破壊の典型の地だと考えるからであって、ここで村民と生活をともにしながら、失われた人権を復活させようとの固い決意からであった。

彼の肉体は衰えきっている。だが彼の精神はなおも戦う気力に満ちあふれ、残留民を守るために駆けずり回る。

では、そういう田中正造の思想と行動は、他の人々にどう受け止められたのだろうか。

正造本人、あるいは彼をめぐる人々のおびただしい資料を見れば、終生正造の理解者であった人々、最後までついに相容れることができなかった人々、あるいはまた、はじめは正造に共鳴し同じ行動をとったけれども、途中からは考え方に違いが生じ、去っていった人々など、じつにさ

郵便はがき

料金受取人払郵便

麹町支店承認

8043

差出有効期間
平成30年12月
9日まで

切手を貼らずに
お出しください

102-8790

102

[受取人]
東京都千代田区
飯田橋2―7―4

株式会社 作品社
営業部読者係 行

## 【書籍ご購入お申し込み欄】

お問い合わせ 作品社営業部
TEL 03(3262)9753/FAX 03(3262)9757

小社へ直接ご注文の場合は、このはがきでお申し込み下さい。宅急便でご自宅までお届けいたします。送料は冊数に関係なく300円(ただしご購入の金額が1500円以上の場合は無料)、手数料は一律230円です。お申し込みから一週間前後で宅配いたします。書籍代金(税込)、送料、手数料は、お届け時にお支払い下さい。

| | | | |
|---|---|---|---|
| 書名 | | 定価 円 | 冊 |
| 書名 | | 定価 円 | 冊 |
| 書名 | | 定価 円 | 冊 |
| お名前 | | TEL ( ) | |
| ご住所 | 〒 | | |

フリガナ
お名前

男・女　　　　歳

ご住所
〒

Eメール
アドレス

ご職業

ご購入図書名

●本書をお求めになった書店名

●ご購読の新聞・雑誌名

●本書を何でお知りになりましたか。

イ　店頭で

ロ　友人・知人の推薦

ハ　広告をみて（　　　　　　　　）

ニ　書評・紹介記事をみて（　　　　　）

ホ　その他（　　　　　　　　　　）

●本書についてのご感想をお聞かせください。

ご購入ありがとうございました。このカードによる皆様のご意見は、今後の出版の貴重な資料として生かしていきたいと存じます。また、ご記入いただいたご住所、Eメールアドレスに、小社の出版物のご案内をさしあげることがあります。上記以外の目的で、お客様の個人情報を使用することはありません。

まざまな姿が浮彫りにされている。

だが男中心の時代のせいか、これらの資料に登場するのは主として男たちである。女については献身的なキリスト者や、著名な活動家らの言動の記録はあるのだが、村のごくふつうの女たちが正造をどのように感じ、どう向き合ったかなどを明確に示す記録はほとんど見当たらない。しかし、はっきりとした記録がないからといって、この悲惨な鉱害事件の渦中で女たちが何もしなかったはずがない。女たちも男たちと同じく、いや、子どもを産み育てるものとして男よりもっと、もがき苦しみ、憤り、闘って状況を乗り越えたのであろう。その過程で女たちは田中正造と出会った。彼女たちは正造をどのように受け入れたのだろうか。その対応はさまざまであったろうが、いずれにしても女たちは知らず知らずのうちに正造に影響されて、鉱毒問題を男任せにせず自分の問題として考え、いつしか主体的な自分を作り上げたのではなかろうか。

この小編は、谷中村で生まれ育った一人の少女が成人の後に、自分自身の歩いてきた道を書き記すと同時に、幼少時に見聞きした村の女性たちやその支援者たちが足尾銅山鉱毒事件にどう向き合ったかを訪ね歩いて聞き取り、自分の子どもや後の世の人々に伝えたいと願って、書きとめたものの一端である。

# 第一章　チヨ

## 1

「こんにちはヨ、こんにちはヨ、居やすか、居やすか。田中正造でガス」

　戸口のところでおなじみの声がしたとき、うす暗い家の隅で繕いものをしていたキンは、一瞬針をとめて返事をしようかしまいかとためらった。だがすぐ思い切りよく、痛む膝をかばい、両手をついてヨイショと立ち上がって返事をした。

「はーい、おりやすで。ちょっと待ってくだされや」

　そのとき、まだ七歳ながら働き者のチヨは、土間の流し台で腕まくりして家族みんなの茶碗を洗っていたが、祖母の様子に気づきあわてて、「出ちゃだめ」と言いながらキンの側に駆けより、通せんぼするように濡れた手を広げた。

最近、チヨの父親池上清作は、この家に田中正造が訪ねてきても出てはいけないと家族に命じている。特にキンに対してきびしく言う。正造が村に残っている人の家にひんぱんにやってくるのは、何気ない声かけに見せかけて、じつは、その家が土地買収員の手に落ちていないかどうかを探るためだ、というのが清作の言い分である。

だが祖母のキンの考えは正反対である。田中さんは鉱毒や洪水に痛めつけられている村人たちを元気づけようとして声かけにやってくるのだから、清作のように悪くとるのは間違っていると言い返し、やがて二人の間で諍《いさか》いとなる。諍いをしたら最後は年寄りが息子に負けるにきまっているし、嫁のモトも夫に加勢するからキンは対抗しきれなくなってうなだれ、ションボリしてしまう。

チヨはおばあちゃん子のせいか、むかしは威勢のよかった祖母が近ごろではすっかり弱気になり息子夫婦に文句を言われ放題の様子を見ると、可哀想でたまらなくて長女である自分が祖母を守ってやりたくなるのだ。今日だって両親の留守の間にキンが戸を開けて親しく田中正造と話をしたと知れたら、後でこっぴどく叱られることになると、チヨは心配するのである。だが、キンは痩せっぽちでチビの孫が広げた手を簡単に払いのけ、

「お父《とう》に黙ってれば心配ないって」

とだけ言って、建てつけの悪い表の戸をガタピシさせながら開けた。繰り返しやってくる洪水のせいで土地がゆるみ、家までが傾いているから建てつけはどこもかしこもゆがみっ放し、まともにすんなりと動く箇所はどこにもない。

外には田中正造が立っていた。

祖母を止められなかったチヨはキンの後ろに隠れて、こわごわ、正造を見た。晩秋の鋭く透明な日差しが正造の輪郭をどこか現実離れした異様なもののように浮き上がらせている。天気がいいのに蓑《みの》を着け菅笠を被っている。

正造はキンを見て菅笠をとった。顎鬚《あごひげ》は白くて、髪の毛は黒く長い。それを後ろに垂らし紐で結わえている。姿はまぎれもなく老人だが、チヨが見慣れている近所のお爺たちのように腰は曲がっていないし、肌の色もそれほど黒くない。肩幅ががっちりしていて強そうだ。蓑の下からはもとは何色かわからないような、足首のところがすぼまったヨレヨレの袴のようなものをはいているのが見える。

周囲の大人たちは正造の身なりを乞食のようだと言う。本物の乞食を見たことのないチヨは、これが乞食の姿かと思う。

「キンさん、変わりはねえかね」

正造は思ったより優しくてかん高い声で訊ねた。

「腹を下したりしてねえか。近ごろは鉱毒水のせいか胃の悪い人が村に多いようだが、おめえさんとこはどうだね」

「みんな大丈夫でやんす。田中さんの声を聞くと元気が出て少々病気をしていても治ったような気がしやすで」

と、キンは張りのある声で答える。

「キンさんはいつもうれしいことを言ってくれるのう」

正造はほんとうにうれしそうな顔をして、懐に手を突っ込み、中を探っていたが、「あった、あった」

と、取り出したのは、二つの丸い玉だった。一つは赤い薄紙に包んだ飴玉、もう一つはその飴玉と同じくらいの大きさの、白と黒のきれいな縞模様《しまもよう》のある小石だった。

正造は大きな掌《てのひら》の上に二つの玉を載せて転がしながら、

「キンさんにはこの石がお土産だ。飴玉そっくりで可愛いだろう？　珍しい石だよ」

「ありがとうございます」

キンは恭《うやうや》しく石を受け取り、それを両手でゆっくり揉みながら大まじめに訊いた。

「舐《な》めていればこの石も飴玉のように甘くなりますかのう」

「ハッ、ハッ、おれはキンさんのそういうところが好きだ」

と、正造は機嫌よく大笑いした後、キンの後ろにいるチヨに言った。

「そこに隠れてる子、これは本物の飴玉だぞ。欲しくないか。こっちへ出ておいで」

正造は村の子どもたちに出会うとよく飴玉や硬貨を与えるそうだが、それには何か魂胆があるかもしれないからもらってはいけないと、チヨは両親から言われている。

それについても祖母のキンの意見は違い、正造が村の子どもに出会えば他人から借りたばかりの硬貨でさえ与えてしまうのは、根っからの子ども好きであり、しかも子どもたちが将来この村を立て直してくれると、望みをかけているからだという。両親は、ふん、やがて瀦水池《ちょすいち》になるこの村に将来などあるものかと、せせら笑うのだが。

チヨは、今は両親が見ていないから、飴玉ぐらいもらってもいいのではないかと思い、そっと祖母の脇の下から手を伸ばした。

「よし、いい子だ」

正造はチヨの小さな掌をとってしっかり飴を握らせ、「ほら、落とすなよ」

石ころと飴玉。ばあちゃやだって飴玉のほうがいいにきまっているのに石をもらってうれしそうにしているのはどうしてだろう、と、チヨは思った。

正造はキンに訊いた。

「ところで倅《せがれ》の清作さんは留守かえ」

チヨは飴玉をしゃぶりながら、祖母が親たちの行先をしゃべらないように、と願った。今日、両親は幼い弟妹を連れてもうすぐ移る予定の藤岡町の土地の下見に行っている。バイシュウイン（買収員）といっしょだ。それが正造にバレたらたいへんなことになる。

幼いチヨの目で見ても、村に残っている村人たちは強引なバイシュウインに説き伏せられて次々に土地を手放して移住して行き、村はさびしくなる一方だ。

田中正造は、移住のことで気持ちが揺れている人々を引き留めようと躍起になっている。チヨの両親も以前は正造の考えに従っていたらしいが、今はもう気持ちが変わり、正造に知られずに、コッソリと村を出ていくつもりでいる。ばあちゃの口からその秘密が漏れてはたいへんだと、チヨは気が気でなかった。

祖母に対する親たちの態度が変わってきたのはいつごろからだろう。チヨが記憶をたぐれば、今から少し前、キンが近所の女たちや田中正造といっしょに、畑を踏み荒らし作物をだめにする買収員を、泥棒！　と言いながら鍬《くわ》を振り上げて追い払ったころからだと思う。

そのときチヨは、うちのばあちゃやは勇ましくて頼もしいと思ったが、どうやらそれは両親にとってはよくないことだったらしい。父は、年寄りのくせに田中さんにつられて、みっともねえことしやがって、と怒鳴ったし、母のモトも、買収員は土地の広さを測るために他人の畑を踏んでしまうのは仕方のないこと、何も田中さんの口真似して相手を泥棒呼ばわりすることはないのに、と苦々しげにキンを睨んだ。

それにしてもばあちゃはどうしてそんなに田中さんの言いなりになるんだろう。

「田中さんは汚いおじいさんなのに、どうしてそんなに好きなの」とチヨが訊くと、

「だって、おまえ。田中さんは自分のことは何一つ勘定に入れず、奥様まで放ったらかしにして、ただ村のために尽くしてくれるお人じゃないか。こんな厄介な村に肩入れしたって何の得にもならん。かえって憎まれたり、煙たがられたり、損するばかり。損得ばかり考える利口もんが多い世の中で、田中さんは、こっちのほうで見ちゃいられなくなるほどの馬鹿なお人だから」とキンは答えた。

チヨはそのとき、ばあちゃはどうやら利口ものよりも馬鹿が好きらしいと思った。

ばあちゃの気持ちはわかったが、チヨはなるべくなら両親と喧嘩してほしくない。だから両親が秘密にしていることを祖母がしゃべって争いの種を作ることはやめてもらいたい。

でも、キンはさすがに大人だからそれくらいは承知しているようで、正造の質問には、

「ああ、倅は用がありやして、ちょいと出ております」

と口を濁した。正造はそれ以上追及せずにうなずき、サラリと、

「そうかね。家族みんなが元気で過ごせれば何よりだ」

「ありがとうございます」

もしかしたら池上清作も買収員の手に落ちたのではないかと懸念していたのか、正造はキンの言葉でひとまず安心したような表情を見せ、

「それじゃ、おれはこれで」

と去りかけたが、お、いけねえ、とこぶしで額をたたきながら、

「近ごろはどうも忘れっぽくていかん。客を待たせていたのを忘れとった。おーい」

と、家の横手の雑木林のほうに向かって大きな声を張り上げた。キンとチヨが同時にそちらを見ると、庭と雑木林の境目にある石に着物の裾を膝近くまでからげた女の人が腰かけている。正造は言った。

「あれは福田英子さんだよ」

「あれま、ほんとだ。福田先生だべ。何でそんなところにいなさるだ」

と言いながら、キンは草履をつっかけて、そちらへ走っていった。チヨもついて走った。

福田先生と呼ばれた人は立ち上がり、微笑をたたえてキンに頭を下げた。二人は知り合いらしい。先生ということは、小学校の先生かしら。そう思うとチヨの胸はチクリと痛んだ。チヨは勉

強は好きではないし、学校にいる先生も恐ろしい人という感じをもっている。

でも、こんなに美しい人を見るのははじめてだった。母も近所のおばさんたちも真っ黒に日焼けし、頬の上に何本も長い縦皺が走ってるのに、この人の白い頬ときたらふっくらして艶《つや》があり、皺などどこにもない。やや吊り上り気味の目は黒くキラキラと輝いている。右の耳たぶに大きなほくろがある。

チヨの敏感な目は一瞬のうちにそれらすべてを写し取り、頭の中の記憶の蔵に移した。

「先生、そんなとこに座っていないで、さあさ、うちに入ってくだされや」

と、キンは家の中へ招き入れようとしたが、英子は笑いながら断った。

「ありがとうございます。でも、足がこんなに汚れていますから家の中には入れません」

チヨが英子の足元を見ると、ほんとうに素足の甲も指先も草履も泥で汚れている。

「なあに、すぐ足濯《あしすす》ぎの水をもってきますでな、さあ」

と、キンはこともなげに言って英子を家に招き入れようとする。

「ほんとにここでいいんです。風が吹いて気持ちがいいし、眺めもいいし」

固辞する英子の言葉通りに風が吹いて、彼女の束髪の幾筋かの後れ毛をなぶった。英子は気持ちよさそうだが、キンは怒った声で吐き捨てるように言う。

「どこを向いても泥だらけのこんな情けない眺めのどこがいいもんかね」

キンは、もとは美しかった村の自然がたびたび鉱毒を含んだ洪水に見舞われ、醜く汚されているのを、自分の自慢の持ち物を台無しにされているように、口惜《くや》しげな口ぶりである。

二人の女のやりとりを見ていた正造が、せっかちそうに口を挟んだ。

「キンさん。福田さんはゆっくりしてられねえんだよ。大事な相談事があって村に来てもらったが、その用が済んだから福田さんは大急ぎで東京へ帰らねばならん。おれにも急ぎの用があって、三国橋まで送っていく時間がねえから、俊三に送ってもらうことにした。で、俊三は今近所に舟を借りにいったんだが、すぐ戻るだろう。福田さんはその間だけここで待たせてもらってるというわけだ」

このあたりにはいつまでも水が引かず、すぐ近くへ行くにも舟を使わねばならない箇所が随所にある。正造の説明にキンはやっと折れて、

「なんとまあ、せわしないことで」

「ああ、じつにせわしねえ。じゃ、おれは行くよ。キンさん、邪魔したな。福田さん、えろうご苦労をかけました。今後ともよろしく」

そう言って正造は菅笠を被り、蓑を揺すってスタスタ行ってしまった。

英子はクスクス笑って正造の後姿を指さし、キンに言った。

「田中さんはあの菅笠がご自慢なの。村の女の人に作ってもらった特製のものですって。ふつうの笠より小さくて、山が高いのが気に入っていて、東京へ行くときも手放さない。ハイカラさんの多い都会ではそれがかえって物珍しいようで、街中ですれ違う人みんながうらやましそうに振り返るんだ、と、ご本人は子どものようにうれしがってるのよ」

そんな話をしながら英子は、キンの掌の中の丸い小石を目ざとく見つけ、鼻の根元に皺を寄せ

るような笑い方をした。その笑い方は彼女の癖らしく、そこだけうっすら浅い筋が何本か残っている。

「キンさん。また田中さんから石のお土産もらったの？　石拾いが趣味だなんて変わったおじい
さんね。もらうほうはいいかげん迷惑でしょうに」

英子がキンに同情したように言うと、キンは大きく頭を振り、

「いんや。迷惑じゃねっす。おらだけにくれる土産ですからありがたくいただきやす」

「おや、そうなの。じつを言うと、わたしももらってるのよ」

それを聞くと、キンは仲間を見つけたように深い皺だらけの顔をいっそう皺くちゃにした。そ
れから突然思い出したのか、大声を出した。

「それより福田先生、お礼を言うのが遅れました。この前の洪水のときは孫を助けていただきや
して、ほんとうにありがとうございました」

「え？　何のこと？　わたし、何をしたかしら」

英子はキョトンとしている。

「孫に肌着をくださったでねすか。あれで孫が生き返りやした」

「あ、古い肌着のこと？　あんな着古したものを他人様《ひとさま》に差し上げて、こんなものよくくれたも
のだと、ご立腹だったかもしれないのに、こちらこそ申し訳ありませんでした」

「何を言われる。すぐにもお礼を言いたかったが、なかなか会うこともなくて」

「お礼など。あんなものを役に立たせていただいてこちらこそありがとうございます」

チヨも肌着のことを思い出した。この年の七月の洪水のときは、家族は着の身着のまま避難するだけで精一杯だった。生まれてまもないチヨの弟が体を冷やしたためか衰弱して、乳を吸う力もなくなった。数日しても生気が戻らず、もうだめかと思った矢先、村人の一人が子ども用の肌着を届けてくれた。それは福田英子が洪水見舞いにもってきてくれた古着の中の一枚だという。それで赤ん坊を包むと、ふしぎなことに冷えきっていた体がたちまち温まり、乳も飲めるようになった。まるで魔法の肌着だとみんなが言い、チヨの父の清作も福田英子先生は子どもの命の恩人だと感謝した。

その福田英子がこの人だったのかとチヨが驚いて見つめていると、キンは、

「チヨ、おまえもようくお礼を申し上げげな」

口に飴が入っているチヨはしゃべることができず、ペコリと頭を下げた。チヨの心の中にふしぎな思いが広がっていた。人に物をあげたら、もっと威張ってもいいのに、逆に謝り、お礼を言う福田英子って何だか変わった人だと思いながら見上げると、

「あなたはチヨちゃんていうの？　可愛い名前だこと」

英子がそう言い、チヨの頭を撫でた。英子の手の柔らかさが頭のてっぺんから伝わってくるようだった。キンは手拭いの端で目の縁を拭いながら、涙声で、

「ほんに、福田先生は忙しいのに何度も谷中村に来てくださいまして、村のものはどんなにありがたく思っておりますことか。以前は洪水があると、東京からもたくさんの人が駆けつけて賑やかに見舞ってくれましたが、それもたびたびとなると、熱も冷めたのか、今はもうさっぱり来て

くれません。おらたちは見舞いの品をもらうのも助かるが、世間がおらたちを見捨てないでいてくれると思うことで元気が出やす。中でも、いつも変わらぬ気持ちで来てくれる福田先生の親切が余計に身に沁みるんでやんす」

「いえ、いいえ。わたしのささやかな慰問なんてこの村のために何の役にも立ちませんよ。まもなく、あの人でなしの憎らしいやつらが、ここを潴水池にするためにやってくるでしょう。そうなってしまっては、田中さんや村のみなさんがいくらがんばってもやつらをはねのけられるかどうか、わたしは心配で仕方がないの」

　それまでていねいだった英子の口調が急に乱暴になった。人でなしの憎らしいやつらとはだれか、チヨにもそれは役人やバイシュウインだと見当がつく。

「はあ、そのことでやんす。おらも心配で夜も眠れません」

「お気持ちわかります」

「おらはここを離れたくねっす。だども、堤防が壊れてばかりいるここじゃ食べる物も作れず、孫たちを飢えさせるばかり。他所《よそ》へ移住すれば腹いっぱい食べさせることができると、息子たちが言いやす。おらは息子に逆らっては生きていけないからついていくしかないが、もし行った先で死んだら、鳥にでもなって舞い戻ろうと思うくらいで」

　と言いながらキンはしゃくりを上げて泣き出した。チヨはびっくりしてキンを見上げた。鳥になって舞い戻りたいほど、ばあちゃがこの村を好きだなんてはじめて知った。

「わかります……」英子も目をうるませながらうなずき、チヨに向かって、

「チヨちゃんもおばあちゃんの気持ちわかってあげてね。がんばってさえいれば、今にきっと堤防が直って、たくさんの作物がとれるもとの村になる。それまでの辛抱よ」

そうだろうか？　不意に、チヨの脳裏にあの夜の光景が蘇った。

激しい雨の中の真っ暗な土手。土を掻き揚げようとするチヨの指の間を、溶けた泥がかすかな笑い声さえ上げるように流れ、駆け抜けていった。指の間には何も残らなかった。そのときの感触を思い出し、チヨはある強い感情に突き上げられて言った。

「おらも堤防直しをやったことがある。でも、だめだった」

「えっ？　こんな小さいあなたが堤防直し？」

と、いぶかる英子に、キンが説明する。

「洪水で畦畔の外側が崩れそうになったとき、村人総出で夜っぴて堰止《せきと》め土俵を運んだが、間に合わないんで、こんな小さい子まで駆りだして、土の掻き揚げをやらせたんでやんす」

「まあ、チヨちゃんのこの小さな手で土の掻き揚げをやったの？　何てこと」

と言って英子はチヨの両手を重ねて自分の手の中に包みこみ、それを自分の頬に当てて、

「子どもにまでそんな苦労をさせるなんて、むごすぎる。でもね、チヨちゃん、辛抱してね。今にきっとよくなるわ。ちゃんとした堤防も必ずできる」

手を英子に預けたままのチヨは、慰めてもらうのはうれしいけれど、事は英子の言うようにうまくいかないだろうと、子どもらしくない冷めたことを考えた。

自分があんなにいっしょうけんめい土を掻き揚げたのに、土は笑うようにみるみるうちに水と

いっしょに流れていってしまった。そのときの体から力がぬけるような、むなしい感触がチヨの手の指に残っている。

悪いのは県だということぐらいチヨも知っている。どんなに頼んでも県は堤防を直してくれないし、それどころか村人が直した箇所まで壊してしまう。村人がどんなに反対しようと、県は谷中村を潴水池にしてしまうつもりだ。それでもまだ残ろうとする人がいればキョウセイハカイ（強制破壊）して家を壊せばいいと考えている。そして村人をこうせきたてる。

今すぐ土地を売るならば金を出す。その金で別の安全なところへ移住し、土地を買ってまた百姓をやればいいだろうと。それもそうだと考える村人が増えた。チヨの両親も、「子どもにひもじい思いをさせるのはもうたくさんだ。ジタバタしねえで早くここを逃げ出したほうがいい」と言っている。

チヨは七歳の分別で、両親の言い分は正しいと納得している。ばあちゃやは大好きだし、福田英子さんもいい人だけど、辛抱しろとか、がんばれと言うだけではどうにもならないと思う。

英子は、心配そうにチヨの目をのぞきこみ、

「元気出してね」と優しく繰り返す。

「うん」

チヨはうなずいた。うなずいたことで、むずかしい問題は消えてしまい、別の楽しい思いに気をとられた。さっき田中正造が、もうすぐ俊三が来ると言ったことを思い出したのだ。俊三兄ちゃん早く来ないかな、とワクワクした。

島田俊三は隣部落の人で、田中正造の第一の弟子だと言われ、よく正造といっしょに村のあちこちの家を訪問して歩く。去年、彼がこの家にやってきたときチヨの名を聞きつけ、

「あれっ、おめえ、おれの妹と同じ名前だ」と素っ頓狂な声を上げた後、側にいたキンに、

「おれの妹が生まれたとき、子だくさんの親は名前をつけるのも面倒くさくなったようで、十以上も年が離れている兄のおれに名前をつけてやってくれと言った。親のくせに無責任なもんだよ。で、おれは仕方なく、チヨと名づけてやったんだ」と説明した。

その話を聞いて以来、チヨは俊三が大好きになった。俊三の妹と同じ名前なら自分も俊三のことを勝手に兄と思っても許されるような気がしたのである。

「あ、俊三さんが来た」

キンが道の下のほうを指さして叫んだ。この家は他の家より少し高いところにあって、下の道から来るには坂道を登ってこなくてはならない。俊三は、ぬかるみを気にしているのか右に左に飛び跳ねるような恰好をしてやって来る。まるでカエルみたいだと、チヨはおかしくなった。英子は俊三がこちらに近づいてくるのを見下ろしながら、キンに言った。

「わたし、この村へ何度か来てるうちに俊三さんと友だちになったの。わたしの長男といくらも違わない若さなのに、田中さんの信頼を一身に集めているらしいわ。性格はいいし、読み書きもよくできるし、気が利く。この子は優秀だと見込んで田中さんがいっしょうけんめい磨き、鍛えた成果ね」

キンはすでに俊三と正造の関係を知っているはずだが、はじめて聞いたように、

「はあ、そうでやんすか」などと、慎ましく英子に調子を合わせる。

「でもね。田中さんはあんないい青年を掘り出して弟子にすることができて運がよかったけど、俊三さんにとっては、むしろ、運が悪かったのかもしれない。だって、田中さんに会わなきゃ苦労をせずにすんだのに、出会ったばっかりに、さんざんに振り回され、酷使される羽目になったんだもの、縁とはいえ、可哀想に」

「どんな縁だったんかね？」

「俊三さんがまだ十三歳のとき、谷中の演説会場で田中さんが演説するのを聞いたのがきっかけだそうよ。子どもにもよくわかる田中さんの話し方や、ガッチリした体格。髭面《ひげづら》。まるで学校で習った坂上田村麿のようにりっぱで強そうな印象が強烈で、俊三さん、いっぺんに憧れてしまったんだって」

英子は、坂上田村麿は平安初期の征夷大将軍で、蝦夷《えみし》を平定した英雄として小学校の読本に出ているはずよ、とチヨに説明した。チヨは学齢には達しているが、近くにあった学校は廃校にされて、遠い学校まで行くのはたいへんだし、勉強も好きではないから休んでばかりだ。読本にどんなことが載っているかも知らない。

女たちの話題の主になっているとも知らずに登ってきた俊三が、荒い息を吐きながら、

「お待たせしました。舟を借りました。さあ、行きましょう」と英子に言った。

俊三の顔は四角張っていて、眉と眉の間が離れ、目が丸くてつぶらである。眉が濃くて太く、まるで雪だるまの顔に木炭をつけたようで、笑っていなくても笑っているように見える。チヨが

勝手に兄だと思いたくなるのもふしぎではないほどの優しい感じの青年だ。

彼はチヨを見てニコニコしながら、

「よう、元気か」と訊いた。チヨが黙ってうなずくと、

「今度おれんちのチヨに会ってみなよ。二人は名前だけでなく顔も背丈も少し似てるんだ。チヨ、と呼ぶとどっちもハーイと返事するのかな。面白いな。アハハ」

チヨも少し笑った。でも心の中では、おらはもうじき移住してしまうんだから、会わせるなら早く会わせて、と頼みたかった。

俊三は気がせくらしく、それ以上チヨを相手にせず、英子に、さあ、と促し、背を向けて、中腰になった。英子を負ぶうつもりらしい。

英子は、鼻の根元に皺を寄せるような笑い方をして、一歩引いた。

「やめてよ。わたしはまだお婆さんじゃないんだから、自分の足で歩けるよ」

「ずっと負ぶうわけじゃありませんよ。泥道に慣れない先生は足をすべらせて転ぶにきまってるから、一番ぬかっているところだけです。さあ」俊三は怒ったように言う。

「先生、そうしてもらいなせえよ」キンも横合いから勧め、「ここらの道はとっても難儀でやんすよ。田中さんだって、下駄では歯と歯の間に泥が詰まって歩けないと言って、ぬかるみ道では一本歯の下駄を履いてました。でも一本歯じゃ体の釣り合いがとれずにひっくり返るんで、今はもっぱら地下足袋になりましたが、それほどひどい道でやんす」

キンにそうまで言われて、英子はやっと承知した。

「そう？　じゃ、ひどいぬかるみのところだけ負ぶってもらおうか。わたしは太ってるから相当重いよ。俊三さんこそひっくり返らないでよ」

何のかんのと言いながら、うれしそうな英子を、俊三は軽々と負ぶって去っていった。

## 2

それからまもなく池上清作一家は藤岡町へ移った。明治三十九年暮れのことである。

谷中村から脱出さえしたら、ひどい貧乏生活は終わり、子どもたちに腹いっぱい食べさせられるという清作とモトの予想は外れた。買収員から受け取った土地の代金で移住先の土地を買うにはその倍もの金がかかり、そのためにまた借金をしなければならなかったからである。「買収員に騙された」と、夫婦は口惜しがった。買収員は土地を買い取るとき、これだけあればどこへ移っても同じ広さの土地が買えると、胸をたたいて保証したのに。

夫婦は話が違うと買収員を追及する術《すべ》も知らず、「畜生、こちらが契約書をロクに読めねえのをいいことに騙しやがって」と、憤り、嘆くばかりで、結局は泣き寝入りだった。

夫婦が畑仕事も手につかないほど落胆している中で、キンだけはしっかりしていた。無理やり谷中村から引き離され、仕方なしに息子夫婦とともに藤岡町に移ってみればこの有様。息子夫婦に非難や恨み言を言ってもふしぎではないのに、そんなことはいっさい言わなかった。田中さんの言うことを聞いておけばよかった、などの繰り言も言わなかった。

キンは今まで通り淡々と家事や孫の世話をこなし、時間があれば新しい畑に出て草をとり、黙々と耕した。過ぎたことを嘆く暇があれば、とにもかくにも新しい生活になじまなくては前に進めないと、心に決めているように見えた。

藤岡には谷中村から移住してきた家がたくさんあった。移住の時期その他いろいろな条件が違い、新生活がすべて同じとは言えないが、多くの家が谷中村時代と変わらず貧しさから逃れられなかった。食い扶持減らしに十歳にもならない子を大きな農家の使い走りや子守に出した家もあった。子守に出された子どもは、自分とは年も体つきもあまり違わないような主家の子の守りをしなければならない。

また、移住者が早く新しい土地に溶けこもうとしても、地元民からは谷中上がりなどと呼ばれて差別的に扱われることもあった。子どもたちも同様で、汚い身なりをしている谷中土人という意味の〝谷中どっちん〟と嫌われて、学校へ行きたがらない子もいた。チヨもそうだった。もともと勉強は好きではないし、学校が遠いから休みがちだった。

両親は強く学校へ行けと言わなかった。しっかり者のチヨは小さくても家のよい働き手だから、学校へ行かせるより、家においておくほうが役に立つのだ。祖母のキンだけが、学校へ行くようにとしきりに勧めた。学校で勉強しないと大きくなっても人に馬鹿にされたり、損をすることが多いのだ、と諭したがチヨは従わなかった。

そんなキンは、次の年、胃にできた大きな腫物のためにあっけなく死んだ。恐らく前々から自覚症状があり、痛みもあったのだろうが、本人が一言も洩らさないからだれも病気とは気がつかなかった。

清作はキンの形見の一帳羅の袷《あわせ》の袖の中に一つの小石が入っているのを発見して、

「なんだ、こんなしょうもねえものを入れて」

と、捨ててしまったが、妻のモトはあわててそれを拾って水で洗い、位牌の側に置いて、「ばあちゃが田中さんからもらった小石だんべ。お守り代わりにしていたんだよ、きっと」

と言ったのでチヨはびっくりした。おばあちゃん子のチヨは、母がキンに優しくしないのを心の中で憤ることもあったが、このていねいな小石の扱いを見て、母がそれほど邪慳だったわけでなく、どこかで温かな眼で姑の行為を見ていたこともあったのだとわかって、意外でもあり、うれしくもあった。

「ここに来て、たった二年でばあちゃに死なれたのには参ったが、これでいよいよおらたちも谷中村と縁が切れたような気がする。チヨも、もうばあちゃのことも谷中村のこともすっかり忘れろ。いいな」

うん、とチヨは一応うなずいたが、心では、ばあちゃを忘れることなど絶対できないと思った。もしかしたらばあちゃは鳥になって空を飛んで谷中村へ帰ったかもしれないのだから、谷中村を忘れるわけにはいかないのだ。

大正二年に田中正造が亡くなった。藤岡町に移住して六年になるチヨの一家にもそのことは伝えられた。チヨの親たちは、遠い過去の人の死を聞くように特別の感慨もないかのように見えたが、チヨは正造の死を聞いてひどくさびしかった。祖母キンと正造は仲良しだったのに、二人ともあっけなく死んでしまった。

だがキンの位牌の側にポツンと置かれた小石を見ると、チヨは、二人があの世で石拾いをして楽しんでいるような気がしてきて、少しは気持ちが慰められた。

両親は、キンに代わって家事を一手に引き受けているチヨを重宝に使ってはいたものの、生活は相変わらず苦しく、口減らしのためにチヨを奉公に出さざるを得なかった。

親戚が見つけてくれた奉公先は、東京日本橋の木村堂という薬種問屋だった。いくら気丈でもまだ十三歳のチヨは、東京は遠すぎると不安に思い、もっと近くで奉公したいと頼んだが、あいにく近隣の村に雇ってくれる口はなかった。

仕方なくチヨは東京へ行くことを承知した。ばあちゃやだって谷中村を出るときはひどく嫌がったけれど、最終的にはきっぱりと受け入れたではないか。そして新しい土地で文句ひとつ言わず、我慢強く黙々と働いた。そんな生き方をチヨに態度で示してくれた祖母キンを思い出し、チヨは自分もくじけてはいられないと思った。

出発のとき、母は、姑の位牌の側にあった小石をチヨに渡してくれた。

「これをもってると、ばあちゃといっしょにいるようでさびしくねえべ」

石は温かった。チヨはその石を握りしめ郷里を出た。

西も東もわからない遠い東京。目が回るような商家の日常。慣れない言葉遣い等々に押し潰されそうになりながら、チヨは働きはじめた。

家に帰りたくなったことは数知れずあったが、どんなに辛くても我慢できたのは、あの貧しい家に自分の居場所などないと思い定めているからだった。それに、雇ってくれた主人一家が意外にも優しかったことも幸いした。先輩の女中たちがチヨに意地悪すると、主人側がかばってくれることもあった。

後でわかったのだが、主人夫婦はチヨが鉱毒事件の谷中村出身ということを承知の上で雇ったらしく、それだけに何かと寛大な気持ちで接してくれたようだ。

チヨが最もありがたく思うことは、食事がきちんと出ることだった。下女は台所の隅で同輩と交代で食事をとる。具がほとんど入っていない味噌汁と、たくあん二切れがつくだけだが、うれしいのは白いごはんが出ることだった。茶碗の中の米粒が白く光って見えるものだということをチヨははじめて知った。食べ盛りには十分な量とはいえないまでも、定まった時間に定まった食べ物がきちんと与えられるのはこの上なく幸せなことである。

谷中村でも藤岡でも、食事といえば、最悪のときは青菜や摘み草の中に米粒がほんの少しまじった粥か雑炊であった。運がよければ川でとった小魚がつく程度で、子どもたちはいつも腹を空かせていた。着る物のことをいえば、チヨがあまりに汚いなりをしているので、見兼ねたこの家の女主人が着古しを与えてくれた。古参の女中たちも古くなった小物などをくれる。もらった着物が汚れると、チヨはそれを洗濯して仕立て直した。祖母が裁縫するのを見よう見真似で覚えていたから、単衣《ひとえ》などは何とか縫えた。谷中どっちんと言われたころを思い出せば、地味すぎる着古しであろうが仕立て直して着て、風呂で髪も洗わせてもらえる自分はまるでお嬢様になったような気がした。

こんないい家にずっと置いてもらいたい、とチヨは思い、骨身惜しまずよく働いた。

両親や弟妹のことはいつも思い出した。亡くなったばあちゃのことも忘れなかった。ときどき、行李の底にしまってある小石を眺めながらばあちゃを懐かしんだ。だが、ばあちゃが鳥になってても帰りたいと言った谷中村のことはだんだんと忘れた。チヨの一家が藤岡町へ移住した次の年の六月、強制破壊で家を壊された残留民たちがその後どうなったかも考えたこともなかった。慕っていた俊三のことさえ、今ごろどこで暮らしているのか、と、チラと頭をかすめる程度だった。チヨは俊三に挨拶する方法も知らず、黙って故郷を去り、それっきりになっていた。

チヨはひたすら新しい環境に早くなじむことに努めた。呑みこみの早い彼女は教えられたことはすぐ覚え、立居振る舞いも粗暴ではなくなった。十三歳まで祖母を見習い、弟や妹の世話をしながら家のことをこなしてきただけあって、ここでも何をやっても手際がよく、周囲の人への気配りも十分できた。

この家に来てから二年が過ぎ、十五歳になったチヨは、主人一家からすっかり信用されるようになった。ここには友子という、チヨと年の近い女学生になりたての娘がいる。友子は少々生意気なところもあるが、外出時などは何かと機転のきくチヨを供に連れていきたがった。

都会の街は派手な色彩の絵や文字や賑やかな音に満ちている。チヨは絵や音には感覚的にすぐなじむことができたけれど、口惜しいことに、街にあふれる文字には読めないものが多すぎた。ちゃんと学校へ行かず、それも小学校三年くらいでやめてしまったので、仮名さえ拾い読みの程度、漢字などはまったくだめだ。

「チヨは話をしているとすごく利口に見えるのに、小学生でも知ってる簡単な漢字も読めないお馬鹿さんなのよね」

我儘《わがまま》に育った友子は、悪気はないのだが、ズケズケとチヨを前にして言った。そんなとき、友子をたしなめるのはこの家の長男朝雄だった。十九歳の薬学専門学校生の彼はチヨを弁護して、妹を叱った。

「人が無学なのはそれなりの理由があるんだ。むやみと笑うもんじゃない」

ある日、朝雄はほんの思いつきから、妹から笑い者にされている可哀想なチヨに読み書きを教えてやろうか、という気になった。

ふだんの彼は斜に構えた皮肉屋で、表だって人に善行を示すことなどは絶対にしない青年なのだが、何かのはずみでチヨに同情心をもったのである。朝雄はチヨを陰に呼んで、

「友子なんかに笑われないように、おれが読み書きを教えてやってもいいぜ」

チヨはその言葉を聞いたとき、すぐには信じられず、

「ほんとかよ、嘘じゃねべ？」

と、思わず栃木弁で言い、朝雄の腕をつかんで揺さぶった。客や主人の家族と話すときは栃木弁丸出しではいけないと日ごろから先輩の女中に言われているので、努力して東京の言葉をしゃべるようにしていたのだが、うれしさのあまり、つい故郷の言葉を口に出してしまったのだ。朝雄はチヨの反応の激しさに戸惑い、早くも自分の軽はずみな申し出に後悔の念をもちながら、

「おまえ、ほんとうに教わる気があるのか」

「あります。ほんとにあります」

チヨは、今度はちゃんとした東京弁で答え、自分の火照《ほて》る頰を両手で押さえた。その仕草を可愛い、と朝雄は感じた。

「ひどくうれしそうだな」

「はい。こんなにうれしいことは生まれてからはじめてです」

これほど喜ばれては、朝雄も今さら冗談だったと言うわけにもいかず、改めてしげしげとチヨを眺めた。色は黒いが、口許が引き締まり、利発そうに見えるクリクリした目に涙がにじんでいる。この娘は、無学だと馬鹿にされる屈辱にずっと耐えてきたのかと思うと不憫になり、朝雄は改めて、それならこっちも本気で教えてやらねばという気になった。

朝雄が察した通り、チヨは友子から無学を嗤《わら》われるのが口惜しくてならなかった。それにもう一つ、切実に読み書きができるようになりたいと願う別の理由があった。

それは、彼女の両親が買収員に騙されて谷中村の土地を二束三文で手放し、後々までも貧乏から抜け出せないようなひどい目にあったこと、教育がないと人に馬鹿にされ、損をすると祖母が教えてくれたことなどを今さらながら思い出すからである。そのころはまだ幼すぎて、祖母の深慮に気づくはずもなく、学校嫌いのまま過ごしてしまった。今にして思えば祖母の言う通り、せめて小学校だけでも休まずきちんと終えていれば、恥をかくことも少なかっただろうに、と、何度も後悔した。

ところが何という幸運か、奉公先の若旦那が先生役を申し出てくれたのだから、チヨが有頂天になるのも無理はなかった。

しかし朝雄は、チヨにむずかしい顔つきをして釘を刺した。

「ただし、いつでもというわけにはいかないぞ。教えるのはおれの勉強に差し支えないときだけ。おれは忙しい。学校へ行くのも帰るのも定刻というものがないが、おまえはそれに合わせなくちゃいけない。しかもおまえは、命じられた家の仕事に手抜きをしてはいけない。少しでも怠けると、すぐに教えるのをやめるからな。それでもやるか」

「仕事を怠けることは絶対にしません。勉強の時刻は若旦那様のご都合に合わせます」

「それに、おれは、ほんとうは短気だ。すぐ怒鳴るかもしれないぜ」

「平気です。怒鳴られても我慢できます。教えてください」

最初に念を押した通り、朝雄はチヨに教えることにきびしかった。チヨの基礎学力がどの程度かもおかまいなしに、妹の友子が女学校で使っている国語の教科書と同じ程度のものを取り寄せ、それを手本にして教えはじめた。小学校もまともに行かなかったチヨにとって、いきなり女学生用の手本をあてがわれることは難行苦行だった。

だが彼女は必死だった。決して音をあげなかった。どんなに仕事で疲れ、眠くなっても、遅く帰宅した朝雄が今しか時間がないと言えば、深夜であろうと机の前にかしこまって座り、指導を受けた。朝雄の機嫌が悪くて口も利かないときは諦めねばならなかった。復習ができていないと癇癪をおこす朝雄のげんこつにも耐えた。我儘な朝雄は、自分の期末試験がうまくいかないと、チヨのせいだと怒り、しばらく勉強は休みだと宣言することもある。

しかも飽きっぽい彼は、数カ月するうちに教えることなど面倒だと思うようになり、そもそも善行など自分には向いていなかったのだとぼやきたくなった。だが、チヨのあまりの真剣さを前にすると、おれはこんな小娘に自分の飽きっぽさを見抜かれ、試されているのかもしれない、などと思い、意地でもチヨの指導をやめることはできなかった。

やがて、二人の関係が親密すぎると他の奉公人たちが怪しんだのも当然といえば当然だった。彼らは、さも二人の間に何かあるように主人夫婦に注進した。

主人夫婦は、チヨが前にも増してまめまめしく働き、我儘な娘の友子にも誠心誠意仕えるのを見て感心しており、奉公人たちの告げ口を取り上げることはしなかった。

特に女主人の節子は、チヨのために勉強を教える息子の奇特な行為を喜ばしく眺めていた。ほんとうは他人への思いやりがあり、正義感も強い朝雄なのだが、生来の天邪鬼《あまのじゃく》が災いして、わざと皮肉を言ったり、冷淡ぶるような傾向があるのを、困ったことだと母親として日ごろから憂慮していた。だから彼が使用人のチヨに読み書きを教えはじめたことは、チヨのためというより息子の人格上の修練になると喜んだ。

チヨは忍耐強く努力し、その上、記憶力や集中力もよいため、勉強はどんどん捗《はかど》った。

このぶんならチヨは女学生並みの実力をつけたのではないかと朝雄は思い、妹に言った。

「どうだ、おれの指導がいいから、チヨは、こと、読み書きに限れば、女学生のおまえにひけはとらないぞ。何ならおれが二人の学力を試してみようか」

「冗談じゃないわ。わたしが何で試されなきゃいけないの」

せっせと女学校に通っている自分が、仕事の合間に学ぶ使用人に較べられるのを屈辱と感じた友子は、チヨに当たり散らした。

「チヨ、女中のおまえがそれ以上勉強して何になるの。もうやめたら？」

するとと朝雄は額に青筋を立てて妹を叱りつけた。

「何言ってるんだ。勉強に限りはない。口惜しかったらおまえもお母さんの出た日本女子大でも目指してみろ」

「おや、兄さんたら、女子大出の女は威張っているからいけないなんて、いつもお母さんの悪口を言ってたくせに。ほんとうは女子大出がいいのね」

そう言って、友子は兄を小馬鹿にしたように笑った。朝雄は目をむいて、

「母さんが女子大出だから悪いなんておれは言ってない。『青鞜』なんかに入って新しがってる姿が厭《いや》なだけだ」

『青鞜』は、明治四十四年に平塚雷鳥という新しい思想をもった女性を中心に、男尊女卑の社会で抑圧されている女性の解放、近代的自我の確立などを目指して作られた雑誌である。

節子は「青鞜社」の正式会員ではないが、女子大時代の後輩の雷鳥に誘われ、よくその会合にも顔を出した。そこでは社会のいろいろな矛盾や、差別されている女性問題が論じられた。谷中村の鉱毒事件が話題になったこともしばしばだった。「青鞜社」は設立後五年ほどで解散状態になったが、今でも節子と平塚雷鳥ら元会員の交際はつづいている。

朝雄は、母が『青鞜』に関わる新しい女性であることに内心誇りをもってはいるようだが、そ

れを表に出さず、むしろ『青鞜』の運動にケチをつけるほうに快感を覚えるらしい。『青鞜』は勇ましいことを言うだけでじっさいに体を張って活動する力に乏しい。一時的に社会正義を振りかざすがそれは観念的で、一貫性も持続性もないお嬢様のお遊びだ……といった具合だ。

その点、娘の友子の主張は簡単明瞭だ。女子大をめざせ、という兄に反発して、

「厭ですよう。わたしはお母さんと違って、女が自立しなくちゃいけないなんてぜんぜん思わない。女学校を出たら、すぐいい人を見つけてさっさとお嫁にいく準備をするわ」

「おまえはまったくくだらないやつだ」

朝雄は新しい女ぶる母も嫌いだが、妹のように古い常識に何の疑問ももたない女も軽蔑している。

金持ち階級の価値観など何もわからないチヨは、豊かな家の兄妹の口喧嘩を羨ましい気持ちで聞くばかりだった。

それからさらに二年が過ぎ、チヨが十七歳になるころには、もはや掃除、洗濯、勝手仕事に明け暮れる下女ではなく、奥と店の間を行き来する一人前の女中格として扱われるようになった。女の使用人としては異例なくらいの早い昇格である。そのため忙しくなって朝雄に勉強をみてもらう時間はすっかりなくなった。

だがその後も、チヨは仕事の合い間をみてはコツコツと自習をつづけた。その甲斐あって彼女ははじめて郷里の両親に長い手紙を書くことができた。両親のほかもう一人に手紙を書いた。それは谷中村にいたときに兄とも慕った島田俊三だった。

俊三とは挨拶もせずに別れたきり、連絡しないまま時が過ぎるうち、半ば彼を忘れていたのだが、字を書けるようになってから突然、思い出したのだった。

鉛筆を握りしめ、何から書こうかと考える段になって、チヨはやっと自分がその後の谷中村がどうなったかを何も知らないことに気づいた。村が廃村になり、残留民の家が強制破壊され、それでも仮小屋を作って田中正造とともに村で暮らしつづける人たちがいたところまでは聞いているが、田中正造が死んだ後の村や残留民のその後のことを知ろうとも思わなかった。

あれからみんな散り散りになったに違いない。肝心の俊三兄ちゃんはどこへ行ってしまったのだろう。宛先がわからなければ手紙が書けない。しばらくチヨは迷ったが、元の住所に出せば配達の人が新住所へ回送してくれるかもしれないし、受取人がいないと返送されれば、それまでのことと考え、思い切って投函した。

すると驚いたことに、ただちに俊三からの長い返事が来たのである。差出人の住所はなく、消印はよく読めなかった。返事にはこう書いてある。

〈……チヨちゃんが字の読み書きができるようになったと知って、おれはほんとに腰をぬかしたよ。若旦那様が字を教えてくれたんだって？　そんなによい奉公先なんてめったにあるものじゃない。きっとあんたのおばあちゃんが、後ろを振り返らず、前を向いて歩け、と背中を押してくれたから幸運に出会えたんだね。すばらしいことだ。人は読み書きを武器にして知識をもたないと、知恵を大きく育てることができない。チヨちゃんは両親が無学のために買収員に騙されたと言うけれど、それはあんたの両親に限ったことでなく、谷中村の村人全員に、多かれ少なかれ当てはまることだ。遡《さかのぼ》れば、かつての谷中村が多額の債務に長く苦しんだのも、一部の有力者の私利私欲的な行為を阻止するだけのきちんとした知識が多くの村人に欠けていたからだ〉

また俊三はこうも書いている。

〈……少しばかり読み書きができるといってそれに甘んじていないで、いろいろな本を読めるまでになりなさい。ゆくゆくは、足尾銅山鉱毒事件に関わる本も読んでほしい。世の中に二度とこんな苦しみが繰り返されないよう、足尾銅山鉱毒事件とは何だったかを理解するために。まだこの事件について書かれた本は少ないけれど、やがて事実を克明に冷静に分析して書いた本がどんどん出るだろうし……〉

チヨは俊三の手紙を読んで溜息をついた。わたしは俊三兄ちゃんと手紙のやりとりができるだけで十分なのだ。もっとむずかしい本を読めるようになれ、と言われてもそんなことはとても無理。

## 3

その年の、にわかに涼しくなった初秋の午後のことだった。

チヨは午前中から女主人節子に納戸の整理を命じられていた。午後になってようやくその仕事が終わったことを報告するため節子の部屋の前まで来たとき、中から聞き慣れない女の人の声がした。

おや、お客様なのかしら。それなら報告は後にしようと、引き返そうとしたが女の声にひどくとげとげしい調子があるのに驚き、会話を盗み聞きしようというつもりまではなかったけれど、つい立ち止まって耳を澄ませた。すると、目の前の障子がいきなり開いて部屋から出てきた人と鉢合わせをしそうになった。チヨは飛びのき、頭を深く下げた。

相手はそこにいるチヨなど目に入らないようで、一度出た部屋をわざわざ振り返り、

「おおきにお邪魔しましたねっ」

と、捨て台詞《ぜりふ》に聞こえるような言葉を投げこんだ。障子は開けたままなので、中にいる節子の姿は見える。節子の無言の横顔の線がツンと硬く、客を完全に無視している。

節子に相手にされないことを悟った女は、向きを変え、はじめて気がついたように、突っ立っているチヨをジロリと一瞥した。

女は五十代半ばと思われ、束髪で、やつれたさびしげな顔をしている。黄色に濁った目がやや吊り上がり気味である。右の耳たぶに大きなほくろがある。肩に背負っている紺色の風呂敷包みは、それほどかさばってはいないが見た目にもずしりとした重さを感じさせる。

女の風体から察して、この人は物売りだとチヨは思った。

奉公してから四年になるチヨは、節子が呉服屋や小間物屋などを自分の部屋に呼び入れて、あれこれ畳の上に広げさせながら品定めするのが趣味だということがわかっている。

この女は何を売りにきたのか知らないが、節子の気に入る品をもってこなかったために不興を

買ってしまったのだろう、とチヨは察しをつけた。

女はフッと吐息をつき、目の前のチヨに、恰好の悪いところを見せたのを恥じるように、鼻の根元に皺を寄せて小さく笑って見せた。チヨはその女の表情をどこかで見たような気がしたが思い出せない。

だれだったかしら、と、考えているチヨに、節子が咳払いした。グズグズしていないで、早くその女を追い払ってしまいなさい、と合図しているようだ。

もう秋なのに、まだ白っぽい単衣を着た女は、力ない足取りで磨きこまれた長い廊下を歩いて行く。その姿が玄関のほうへ曲がって見えなくなったとき、チヨはハッとした。

やや吊り上り気味の目、右の耳たぶの大きなほくろ、鼻の根元に皺を寄せて笑う癖、どこかで見たような気がしていたのが、今、はっきり記憶がよみがえった。

「あのう」

チヨは、思わず女を呼び止めようとしたが、部屋の中の節子の強い視線に射すくめられ、動けなくなった。チヨは女を追いかけるのをやめ、廊下に膝をついて、

「あのう、奥様、ちょっとよろしゅうございますか」

「何だえ」

節子の声にはいつものような落ち着きが戻っていた。

「あのう、奥様、今出ていかれた方のことですが……」

少しつっかえながらチヨが言うと、節子は顔をしかめて、

「そんなところで大きな声でしゃべるものじゃありません。中へお入り」

「はい」

チヨは促されて、部屋の中に入って節子の側まで行き、モジモジしながら再び訊いた。

「あのう、今の方はどなたでございますか？」

奉公人の分際で客がだれか、などと余計なことを訊くものじゃないと怒られるかと思ったが、節子は叱らず、案外平静に答えてくれた。

「今出ていった人？　あれは福田英子という人だよ」

「ああ、やっぱり」

チヨはうめいた。やっぱりあれは福田さんだったのだ。節子は不審そうに訊く。

「どうかしたの？」

「わたしはずっと前、一度だけ、あの方にお会いしたことがあるんです」

「おや、そう。どこで」

「あれは確か、わたしが七つのとき、我が家に来てくれたことがあったんです」

「へえ？」

節子は、首を傾げてチヨを見つめたが、すぐに合点したように、

「ああ、おまえは栃木の谷中村の生まれだったね。福田さんは前々から谷中の支援に行っていたそうだから、おまえと会ってもふしぎじゃないね。でも、ずいぶんむかしのことなのに、おまえはよくあの人を覚えていたね」

「はい。はじめはすぐに思い出せませんでした。あの方のほうもわたしに気がつかなかったようでしたけど」

「当たり前だよ。たった一度会っただけの、しかもそのときは、こう言っちゃ何だけど、栄養の悪い痩せた女の子だったに違いないおまえと、娘盛りの今のおまえは、だれが見たって同じ人間には見えやしないよ。気がつかなくても無理はないだろうね」

わたしはそんなに美しくなったのかしら、チヨはちょっとくすぐったく思いながら、

「わたしも変わったでしょうが、福田さんもずいぶん変わられました。あんなに痩せてしまって。あのころは色が白くてふっくらして、こんなきれいな人が世の中にいるものかと思ったくらいでしたのに」

「ほほほ。わたしも知り合った当初は福田さんを美人だと思ったよ。美人で気性もさっぱりしているように見えた。今のように強引でしつこく厭味な人とは思いもしなかった」

強引でしつこく厭味な人。ずいぶんひどいことを言う。さっきの節子の冷たい態度から英子に好感をもっていないことは感じたが、そこまで言うとは、日ごろ鷹揚で品のいい奥様らしくないとチヨは思った。

「福田さんは奥様のお友だちですか」

チヨが訊くと、節子は大仰に手を振って否定した。

「とんでもない。友だちなもんかね。平塚雷鳥さんのところで何回か会っただけ」

「はあ」

「あの人は前に、『青鞜』に婦人問題の論文を寄稿したことがあるのよ。それが縁で知り合っただけの間柄。その論文は激越だと発禁処分になった」

「えっ、福田さんは『青鞜』に論文を書くような人だったんですか」

「そうよ」

「祖母たちが福田英子先生と呼んでいたので、小学校の先生かと思ってはいましたが」

「あの人は若いとき、母親とともに小さい女学校や、女子の授産場を作ったりしたことがあるらしいから、先生は先生だけどね」

「はあ。で、論文を書くのが仕事なんですか」

「さあ。いつも書いてるわけじゃなさそうだけど、一応有名な婦人運動家」

　と言って節子は皮肉な笑いを浮かべた。

「婦人運動家、ですか？」

「そう、むかし、ある事件に関係して捕まり、牢屋に入ったことでかえって箔がついて、日本のジャンヌ・ダルクだと言われたこともある。それがきっかけで有名になったのよ」

「えっ、牢屋に？　どんな悪いことをしたんですか」

　チヨには驚くことばかりだ。

「政治的なある罪を犯したの。それはむかしのことだからどうでもいいけど、今、わたしが迷惑してるのは、こちらは友だちとも思っていないのに、あちらが勝手に親しい間柄といわんばかりに出入りして、物を売りつけることなの」

「物、と言いますと？」

「反物よ」

ああ、あの風呂敷包みの中は反物だったのだ、とチヨはそのかさばり具合を思い出した。

「どうして福田さんは呉服屋さんなんかになったんでしょう」

「呉服屋さんじゃない。ただの行商よ」

「行商？」

「輸出向きに不合格になった羽二重なんかを染めた、わりに上等な絹物なんだけどね」

「上物の絹ですか」

チヨは、むかし英子が大風呂敷に古着をつめこんで谷中村の被害民を見舞ってくれた姿を思い出した。今は自分の生活のために反物を売り歩いているとしたら痛ましい気がした。

「福田さんはそんなに生活に困っていらっしゃるんですか」

「そうらしいよ」

「有名なのに貧乏なんですか」

「ホホホ、いくら有名でも婦人運動家なんて儲かる仕事じゃないよ。それに今は社会主義者として当局に睨まれているから、仕事にもつけないし、前のように雑誌を出すこともできず八方塞がり。行商するしかないんだそうよ。その境遇には『青鞜』の人たちも同情して、一度は反物を買ってあげるんだけど、同情にも限度があるからね。仏の顔も三度とやら、何度も来られちゃ迷惑だと、みんなが言ってる」

「はあ」

薬種問屋の奉公人ながら日々平穏に暮らしているチヨには、福田英子が社会主義者だとか、牢屋に入ったことがあるとか、貧乏して行商しているとか、想像の及ばないことばかりだ。

谷中村時代を思い出すと、チヨの両親は田中正造が社会主義者だから信用できないと言い、祖母は、田中さんは社会主義者じゃない、運動を支持してくれる人が減り、残っているのがほとんど社会主義者だから田中さんもそう思われているだけ、福田英子先生は善人で、社会主義者なんかじゃないと言い張った。どちらも社会主義者は悪者という前提だった。

祖母の影響を受けたチヨにとって、英子は谷中村の被害者のために尽くしてくれた恩人、古い肌着をくれて弟の命を救ってくれた恩人として、また自身の感覚の上でも、髪を撫でてくれたり、両手をとってそれを彼女の白く柔らかな頬に押し当ててくれたときの優しい感触が時を経てもよみがえるなど、よい思い出ばかりである。

そんな人が、今節子から聞かされたような芳《かんば》しくない英子と同一人物であると認めたくはないけれど、あの見覚えのあるほくろや笑う表情、そして何より谷中村を支援していた福田英子といえば、紛れもなくさっき会ったその人しかいないのだ。

一体どうして英子がそんなふうに変わってしまったのか、節子に訊ねたいのだが、節子のひきつった口元を見ると、英子の悪口ばかりが飛び出してきそうで質問する気がしなかった。英子についてのよい記憶を節子の悪口で汚されたくなかった。

節子は、英子との言い合いに興奮して体が火照っているのか、しまい忘れの団扇《うちわ》で衿元に風を入れながら言った。

「あの人がおまえのことに気がつかないでくれてほんとによかったわ」

「どうしてですか」

「だって、この家におまえがいるとわかって、それをいいことにひんぱんに来られては困るじゃないの。あの人はわずかな縁でも利用して反物を売りつけにくるんだから。それともおまえは反物を買ってあげられるかい？」

　買えるはずもないチヨにそういう節子の言葉は、冗談というより意地悪く感じられた。チヨがこの家の女主人を意地悪だなどと思ったのはこれがはじめてだった。

　節子は敏感にそれを感じたらしく、

「おまえはわたしを不人情と思うだろうが、そうじゃない。問題はあの人の売り方なの」

「と、言いますと？」

「品物を買ってください、と遠慮しながら頼むなら可愛げもあるけれど、あなたも『青鞜』の婦人なら、生活に困窮している人のために反物ぐらい買って支援してくれて当然でしょう、と、くる。そんな高飛車なところが癪《しゃく》に障るの」

　あの英子に限ってそんな言い方をするだろうかと、チヨはまたしても疑問をもたずにいられない。かつてチヨの祖母に、「着古したものを他人様に差し上げて、こんなものよくくれたものだと、ご立腹だったかもしれないのに、こちらこそ申し訳ありませんでした」と英子が答えたのを、チヨは今でもはっきり覚えている。福田英子はそれほど謙虚で、高飛車なところなどまったくない人のはずだ。

チヨは何か英子のために弁護したいと思ったが、節子はその機会を与えず、

「今日だってあの人何と言ったと思う？　反物を買ってくれることは、わたしを助けるだけでなく、旧谷中村の残留民を助けることにもなるんだ、って言うのよ」

「え？　旧谷中村の残留民のため？　でも、村にはもうだれもいないはずですが」

チヨは驚いた。旧谷中村はとっくに無人となり、残留民は散り散りになったと思いこんでいた。少し前にきた島田俊三の手紙には残留民の行先について何も記されてはいなかったが、それはいちいち書ききれないからだろうと解釈していた。

節子はチヨの驚きを見て、何度もうなずき、

「そうとも。もう谷中村はないんだよ。なのに英子さんったら、まだ何十人かの人たちが仮小屋で暮らしている、その人たちがいる限り、村は存在している、だから支援をしつづけねばならないって言うの。常識的に考えて、田中正造さんも亡くなった今、英子さんだけが支援をつづけるなんて無駄なことよ。仮に残留民がいるとしても、それは英子さんの支援に義理を感じて、村を出るに出られず、かえって迷惑してるんだと思う」

「あのう、今も支援している人は福田さんのほかにはいないんでしょうか」

「みんな見切りをつけて手を引いたらしいよ。英子さん一人で意地だか面子《めんつ》だかを通すのは、あの人の勝手だとしても、他人にまでそれを押しつけるのはよくない、もういい加減やめにしたら、と忠告したら怒り出す始末。おまえも聞いたでしょう、さっきのあの人のわめき声。最近残留民

の家が三軒火事で丸焼けになった。わたしは衣料を送ろうと、知り合いを駆けずり回ったけど、だれも協力してくれない。仕方がないからうちの子どもが着ているものを脱がせて谷中村へ届けた。結局貧乏人がわが身の着物を剝ぐことになるのよ、だって。そんな厭味をいくら言われたって、こちらが頼んだことでもないのだから、勝手にしてよ、と言いたくなる」

チヨは混乱した。なぜ、まだ残留民が村でがんばりつづけ、福田英子だけが支援をつづけるのだろう。俊三兄ちゃんはどうしてそのことを教えてくれなかったのか。なぜ、なぜ？

いろいろな疑問が一度に頭を駆けめぐり、チヨは黙ってしまった。節子はつづけて、

「おまえも覚えておいておくれ。今度あの人が来たら、奥様はお留守だと言うんだよ」

「はい」

「梅には、福田英子さんが来てもわたしの部屋に通しちゃいけないって、あれほど言っといたのに、今日も通してしまって、ほんとにしょうがない。後できつく叱らなくちゃ」

梅は古参の女中である。

チヨはうなだれて節子の部屋を出た。谷中村にまだ残留民が暮らしていて、その人たちの支援を福田英子が一人でつづけていることを知った動揺はなかなかおさまらなかった。

それだけではない。知的で品があり、また思いやりのある人として尊敬していた女主人節子が、好きでない相手にはこれほど悪感情をむき出しにすることにも失望した。しかも攻撃の相手は、チヨが幼いときから敬愛の念を抱きつづけた福田英子である。幼いときの美しい思い出は宝物だ。それを節子に壊されたように感じられ、チヨは悲しく、また口惜しかった。

その夜チヨはなかなか寝つけなかった。ようやく眠りについたと思ったら、何年ぶりかで谷中村の家の夢を見た。泥水に浸かった汚い家だった。そこへばあちゃが出てきて、掌の中の小石を握りしめながら恐い顔でチヨを叱った。あれは田中さんにもらった小石だとチヨは思い出したが、なぜ、ばあちゃに叱られるのかよくわからなかった。それでも逆らえず、ただ、ごめんなさいと、泣いて謝った。朝、目が覚めたときはほんとうに涙をこぼしていた。

チヨは飛び起きて行李の底をさぐってみると、ばあちゃの石はちゃんとそこにあった。そのときチヨは突然気づいた。夢の中でばあちゃが叱ったのは、福田英子だけに谷中村の支援を任せて、おまえは何もしなくて恥ずかしくないのか、ということなのだと。

だが、いくら夢の中とはいえ、ばあちゃは無理なことを言う、と、チヨははっきり目覚めた頭で考えた。おらに何ができるというのか。おらだけじゃない、谷中村を去っていったたくさんの村人たちだって沈黙している。あんな村のことなど思い出したくもないと思っているのか、まだ村に残っている人を馬鹿にしているのか、どちらにしても沈黙する以外ないのだ。だれもが福田英子と同じようにいつまでも谷中村に関わらねばならない義務も必要もないのではないか。

チヨがいくらそう自分に言い聞かせても、風呂敷包みを背負った福田英子の黄色い目が脳裏に浮かんできて、胸がふさがった。あの目の色は、何かの病気ではないだろうか。英子が病気の身をおして行商をしているのかと思うと、チヨはいたたまれなくなった。

# 4

　そんな思いに悩まされる日が二、三日つづいた。ある夜、チヨは帰宅した朝雄の部屋にお茶を運んでいった際に、改まって言った。

「若旦那様に教えていただきたいことがあります」

「おい、おい、もう僕は用済みになったのかと思っていたが、改まって何だよ」

　朝雄はチヨから久しぶりに教えを乞われるのがうれしい様子であった。そういえば、近ごろチヨは独力で勉強しており、彼を頼ることはほとんどなかった。そのことで朝雄は気が楽になる一方、さびしくも感じていたようだ。

　チヨはまず、先日、奇しくもこの家で福田英子と再会したことを話した。十年前、当時七歳だったチヨは谷中村に来た英子に一度だけ会ったこと、その英子が今も村に残った人々の支援をつづけていることなどを説明した上で、

「あのころわたしは小さくて何も知りませんでしたが、福田さんは有名な婦人運動家だと奥様から聞きました。若旦那様もご存じですか」

「もちろん知ってるよ。新聞の記事に載るほど有名な人だもの」

　朝雄はチヨに、大正三年七月七日付読売新聞の婦人付録に載った「日本の婦人政治運動家福田英子女史のこのごろ」と題する英子訪問の記事をほぼ原文通りに話して聞かせた。

記者が福田英子女史を上駒込畑中の家に訪ねたときは、あけ放った吹き通しの三畳に独り端然と座り、ひどい暑気に疲れている様子ながら、さすがに大阪の監獄に二年を送られた当年の意気を思わせるような目の光をときおり鋭く投げつけ……

「……というような内容だったな」

「二年も前の記事を覚えているなんて、若旦那様は記憶力がいいんですね」

チヨが感心すると、朝雄は照れて鼻の穴をほじくりながら、

「なあに、おふくろの部屋にあった、新聞の切り抜きをちょっと念入りに読んだだけさ」

朝雄は、『青鞜』的な母親を批判ばかりしているくせに、じつは何かと気にはしていると見える。『青鞜』自体は解散しても、運動が社会に投げかけた波紋は残っているので、それをきっかけに婦人問題が新聞、雑誌にとりあげられ、その道の先達ともいえる福田英子を取材したらしい。

「で、福田英子が何しにこの家に来たんだ」

「福田さんは反物の行商をしているんですって」

「へえ？　まさか。そんなに貧乏してるのかねえ」

「福田さんはむかしの知り合いをたよりにあちこち訪問して品物を売りつけるんですって。こちらの奥様とは『青鞜』でちょっと知り合っただけなのに、さも親しかったように擦り寄ってきて、押し売りのようなことをすると、嫌がっておられます」

「あ、そういうことか、なるほどね」

朝雄はようやく納得して、うすら笑いを浮かべ、

「福田さんも甘いな。『青鞜』の仲間ならだれもが同情深いと思ったのだろうが、見込み違いも甚だしい。うちのおふくろなんて、口先では新しいことを言うが、一皮むけば、古い物差しでしか人を見ることができない人間だということがわかってない。大体が『青鞜』に入っている連中は、自分たちの権利ばかりを叫ぶが、他の苦しんでいるものたちへの同情心は口先ばかりで、粘り強く支援する実行力も熱意もなく、すぐ冷めてしまうんだ」

と、いつものように延々と手きびしく母親や『青鞜』の仲間をこきおろす。

チヨは節子のことを告げ口したかのように心苦しくなり、

「奥様が悪いんじゃありません。福田さんが谷中村の残留民に同情心があるなら反物ぐらい買ってくれてもいいじゃないか、なんて押しつけがましく言うのが厭味なんです。とっくに解決済みの谷中村の問題を引き合いに出して物を売りつけるなんて、よくないです」

「つまり、いつまでも谷中村をダシに商売するな、ってわけ？」

「はい。わたしだって、そんな強引な売りつけ方をされたら不愉快になると思います」

「おまえ、馬鹿におふくろの肩をもつねえ。それで、ぼくに教えてもらいたいというのは？」

「福田さんが若いとき牢屋に入れられたわけを知りたいんです。何をやったんですか」

「ぼくもよくは知らないが、前に彼女の自叙伝『妾《わらわ》の半生涯《はんせいがい》』を読んだことがある。それによると、彼女はむかし大阪事件に連座したんだよ」

ここでも朝雄は、たいへんな物知りで記憶力がいいことを披露した。

彼の説明によると、大阪事件とは明治十八年に大井憲太郎ら自由党左派が朝鮮の内政改革を企てた事件である。大井憲太郎は自由民権運動で活躍した人で、大阪事件の主導者だった。日本の立憲政体を促進するため、まず朝鮮に独立党政権を樹立しようと計画したが、出発前に計画が発覚、大阪などで全員逮捕された。紅一点の仲間だった英子は当時二十一歳、大阪まで爆発物を運ぶのが彼女の任務とされていたが、事前に発覚して逮捕され、二年あまりの刑を宣告された。出獄後の彼女は、前科者の汚名を着せられるどころか、東洋のジャンヌ・ダルクにたとえられ、自由民権運動の女傑と賞賛された。

「ジャンヌ・ダルク？　わたしも聞いたことがあります。そんな人にたとえられるなんて」

「すごい女性だろ？」

「はい。すごくて、勇敢で、でも、ちょっと無鉄砲な気がします」

チヨは小さなため息をつきながら言った。朝雄も苦笑いしながら、

「確かに無鉄砲だよな。事件の動機も手段も間違っていた。彼女は自叙伝の中で、あの事件に関わったことは若気の至りと反省して、それ以後は何事も熟考し、慎重な行動をとるよう努力していると書いていたと思うが、どうかな。人の気性はそう簡単に変わるもんじゃない。たった一人で谷中村支援をつづけているとは相変わらず熱血女史のようだね」

「はい」

「村に展望があって、村人が努力すれば開ける道があるというなら支援する意味はあるが、開ける道などはない。そんな村をなぜ支援する？　信奉していた田中正造さんもすでに亡くなったし、自叙伝によれば、岡山あたりの出身だから、もう谷中村には何の義理もないはずなのになあ。多

分何か魂胆があるのだろうが」

魂胆？　そんな言葉遣いは純粋な英子を傷つけるように感じ、チヨは少しムッとして、

「魂胆なんてないと思います。どこまでも残留民とともに歩む気持ちだけと思います」

「どこまでも残留民とともに歩む気持ちというが、そこが間違っている。谷中村は間もなく湖の底に沈むんだろ？　そんなところにいては、残留民は溺れ死ぬだけだ。福田さんも残留民とともに溺れ死ぬ覚悟があるのか」

朝雄にそう言われたとたん、チヨは身震いし、簡単に溺れ死ぬなんて言わないで、と朝雄の口を塞ぎたくなった。ずっと忘れていた、谷中村の川の猛々しい洪水の感覚が一気によみがえったのだ。逆巻く濁流はチヨを一飲みにするほどの高さで襲ってきた。夢中でばあちゃにしがみついたけど、ばあちゃだって声もなくヨロヨロとつんのめりそうだった。今にも川の中に突き落とされそうな、息ができないようなあの恐怖感が若旦那様にわかりますか。

チヨの体に刻みつけられた幼時の感覚などわかるはずもない朝雄は、平気でつづける。

「残留民も残留民だ。いつまで田中正造や福田英子に縛られているのだろう。ズルズルと従っていないで自分たちで判断してさっさと村を立ち去ればいいのだ」

「それは誤解です」チヨは言い返した。「残留民は田中さんや福田さんに縛られてなんかいません。はじめのうちはそうだったかもしれないけれど、いつまでも操り人形のままじゃない。今、村に残ってる人は自分たちの意思で残ってるのだと思います」

チヨが何に刺激されて唐突に反抗的な口をききはじめたのかわからない朝雄は驚いて、

「小さいときに村を離れたおまえに、今の残留民の気持ちがどうしてわかる」

「わたしは七歳のとき谷中村を離れましたが、十三歳まで隣の町に住んでいたし、祖母からもいろいろ聞かされました。田中さんに縛られたくないと思う人は、早いか遅いかの違いでどんどん村を出ていきました。だれが止めても出ていきました」

「それはおまえの思い違いだ。子どもながらおまえも無意識のうちに田中正造の亡霊に縛られていたからそう思うんだ」

と、朝雄は苦々しげに言い、

「よし、次に福田英子がこの家に来たら、今度は母でなく、ぼくが彼女に会って言ってやる。素朴な残留民を惑わすのはもういい加減にしろって」

どこまでも自説を通そうとする朝雄に、チヨはついに我慢できなくなった。

「お言葉ですが、福田さんは残留民を惑わしてなんかいません。若旦那様は谷中村のことも福田さんのこともよく御存じないからそんなことをおっしゃるのです。福田さんは……」

と、言ったところで朝雄を見ると、彼の顔が青ざめ、唇の端がピクピクしている。これは短気な彼が自分の考えを受け入れられないとき、癇癪を起こす前兆だ。

チヨはハッとして使用人である自分に立ち返った。

「すみません。わたし、ムキになりすぎて、生意気なことを言いました」

と謝ったがもう遅い。出て行けと罵声を浴びせられ、チヨはスゴスゴと部屋を出た。

それから二、三日後、チヨは再び朝雄の部屋にお茶を運んだ。朝雄のご機嫌を伺うためだ。彼

は癇癪持ちだが怒りを長引かせないのが取り柄だ。案の定、朝雄の機嫌は直っていて、

「今日は忙しいからややこしい話はだめだよ」

と意外なくらいおだやかな口調なのでチヨは安心し、明るく言った。

「ややこしい話はしません。すぐ終わります。じつはわたし、八円もっているんです」

「へえ、すごいな。よく貯めたね」

チヨは衣類を別として、食、住については主家で保証される女中だからきまった給金はもらっておらず、年二回、盆、暮れに、いくばくかの小遣いが与えられるだけである。

そんな彼女に貯金などあるわけないと思っていた朝雄は、よく貯めたものだと感心した。

「わたし、この家にご厄介になってもうすぐ五年になろうとしていますが、一度も実家に帰っていません。帰省にお金を使うより、コツコツ貯めて十円になったら両親に送ろうと思っていました」

「いい心がけだ。親はさぞ喜ぶだろう」

「でも、その計画を変えました。これ全部、谷中村に残っている人に贈ろうと思います」

すると朝雄はいきなり、アハハ、と笑い出した。その方法なら分相応の穏当な支援だと朝雄が賛成してくれるだろうと思ったチヨはあてが外れ、少し口を尖らせて訊いた。

「何か変ですか」

「おまえは福田英子さんの真似をして残留民を支援しようとしているんだろうが、たかが八円を贈って何になる。お笑い種だ。もらったほうが困っちまうだけだ」

「そうでしょうか。でも、これがわたしにできる精一杯の支援なんです」

「だから、おまえは支援など考えないほうがいいんだ。身の程を知れ」

「でも、谷中村に義理のない福田さんが必死で支援してくれているのに、谷中生まれのわたしが何もしないではいられません」

「妙に義理堅いんだな。無理な義理を果たすより、それを親に送ってやれ。そのほうが、八円の金が生きる」

「でも、両親にはこれからもいっしょうけんめい働けばお金をあげることができます。谷中村のほうは時間がありません。急いで贈らないと」

「でも、でも、と、逆らってばかり。何て強情なやつだ」

朝雄の顔からだんだんと笑いが消え、先日と同じ険悪な形相になって、怒鳴った。

「馬鹿野郎、そんなはした金を贈って、谷中の人に気持ちの負担をかけるより、どぶにでも捨てるほうがまだましだ」

みるみるチヨの目に涙が盛り上がった。チヨはそれを拭わずに言った。

「どぶへ捨てろだなんて。はした金の八円ってそんなに役に立たないものなんですか」

反抗的な態度をとると暇を出されると、一瞬、自制しかけたが、それでも抗議せずにいられない気持ちから朝雄を睨みつけ、身をひるがえしてチヨは部屋を出て行った。

残された朝雄は舌打ちした。あいつめ、すっかり生意気になりやがって。おれの忠告を何だと思っているんだ、まったく。福田英子なんかにかぶれているからああなるんだ。いや、チヨが悪いというより、チヨのような貧しく純情な娘をたぶらかす英子が許せない。

だが怒りはつづかず、数日過ぎると、かえって後悔の念となって朝雄自身に跳ね返った。チヨのつぶらな目に盛り上がった透き通るような涙を思い出すと、何であんな言い方をしてしまったのかと悔やまれる。五年近くかけてやっと貯めた八円を差し出すのは、身を切られるほど辛いことだろうに、おれは、はした金などどぶに捨てたほうがましだとまで言ってしまった。ひどすぎた。朝雄は髪の中に両の手の指を差しこんでガリガリと掻いた。

おれはいつもこうなんだ。人に対する優しさは人並みにもっていると自分では思っているが、どうもそれを素直に表すことができない。それどころか他の人がやることを安っぽい人情だの、浮ついた偽善だのと嗤ってしまう。そして結局は、自分を何もしない方向へ向けてしまっているではないか。

朝雄はこれまで平気で他人にそんな態度を通してきたが、なぜか今急に、チヨにすまないことをしたと思った。そしてチヨに対するこのふしぎな気持ちの変化に自分で戸惑った。

また、チヨに言われた、「谷中村のことも福田さんのことも、何も知らないくせに」という言葉が彼の心に突きささっている。確かにおれは谷中村の実態は何も知らない。それでいてチヨの〝貧者の一灯〟を貶《けな》す資格がどこにあるのか。とてもじゃないが母の節子を不人情だと笑えたものではない。などと反省するうちに、自分のへそ曲がりな性格を直すためにも一念発起、故郷谷中村を愛するチヨのいじらしい気持ちに寄り添い、力を貸してやろうと思い立った。

チヨに力を貸すためには、現在の旧谷中村残留民の実態をきちんと把握することからはじめねばならない。それにはどうしたらいいのだろうと考えるうちに、朝雄は一人の友人のことを思い出した。

その友人は朝雄と違って、行動的で、多岐にわたって社会運動に関わり、情報も豊富にもっている。彼なら旧谷中村の現状をよく知っているに違いない。頼めばきっと詳しく教えてくれるだろうと期待して、早速会って聞いてみることにした。

友人はいつも斜に構えている朝雄が、めずらしく真剣なのを見て驚きながらも快く、調査してみようと言ってくれた。そしてまもなく報告してくれたのは次のような事柄である。

旧谷中村の十五戸の残留民が、田中正造亡き後も、仮小屋を作って暮らし、頑としてその地を離れようとしないのはすでに周知の通りである。強制破壊されたときは十六戸だったが、その後一戸だけ移住して残るは十五戸になった。彼らの中心になっているのはまだ三十歳にもならない島田俊三という青年で、長い間秘書のように田中正造に仕え、その戦いを支えてきた。残留民たちの信頼はすこぶる厚い。性格的にも冷静沈着、誠実であり、谷中村の復活を叫びつづけた師の遺志を守るため、近隣はもとより上京もして、正造の盟友だった人々に協力を要請して回った。だが、だれからも賛同は得られなかった。生前の田中正造の大の支援者だった木下尚江や逸見斧吉さえも、もはや谷中村復活は断念せよと俊三を説諭した。彼らは今も谷中村民への同情者であることは疑いない。だからこそ、残留民がこれ以上の苦難に耐えるのをやめ、早々に立ち退くようにと諭すのだ。

一人、福田英子のみが、くじけるな、がんばれと残留民を励ましつづけているという。若いころの、信ずる道を一途に、しかし、無謀なまでに突っ走った福田英子の精神健在なり、と言えなくもないけれど、谷中村残留民にこれ以上の徹底抗戦を強いるのはいかがなものか。板挟みの若い代表島田俊三の苦悩は察するにあまりある、とのこと。

また友人は、福田英子が田中正造を支援するようになったいきさつも報告してきた。

明治三十九年、英子は石川三四郎、堺利彦、幸徳秋水らが作った平民社に入り、同人となった。日露非戦を唱えた平民社が解散させられると、石川はキリスト教社会主義者の木下尚江らと「新紀元」を結成し、機関誌『新紀元』を発刊した。この「新紀元」の集会に田中正造が招かれて、二時間に及ぶ熱弁をふるって谷中村の窮状を訴えたとき、心を揺さぶられた会員たちは講演が終わるや総立ちになって拍手した。会員のだれよりも感動した福田英子は、以来、同志石川三四郎とともに熱烈な正造支持者になったのだという。

友人は、英子の谷中村への献身ぶりは賞賛されるべき面もあるが、その根底には、他者の話に耳を貸さない我の強さや、物事へのこだわりの強さなど、かなり彼女の個人的偏向性が作用している点もあることを指摘している。

「この友人はあまり福田英子に好意的ではないようだが、報告は冷静で事実に即している」

と言いながら、朝雄はその報告を包み隠さずチヨに話し、彼女がどんな反応を示すかを見守った。

朝雄の話をジッと聞いていたチヨは、聞き終わると、意外なことを言い出した。

「わたし、この報告を聞いて、じかに福田さんに会ってみたくなりました」

「じかに会って何を話す？」

「一人ぼっちで谷中村のためにがんばってくれている福田さんにありがとうと、言いたいのです。それを聞けば、福田さんは谷中村を支援する仲間が一人増えたと、喜んでくれるような気がして」

「なるほど……」

朝雄はうなった。チヨは英子に関する批判的な報告を聞いてもほとんど動揺していない。むしろ一人ぼっちで戦う福田英子の仲間になろうとしている。そんなことをしても何にもならないと、いつもの朝雄なら思うのだが、今日は違った。困っている人を助ける運動の始まりは、英子に対するチヨのような一途な信頼から生まれるのではなかろうか。自分のように他者の行動をあれこれあげつらった上で結局何もしないということは、理想を冷笑するだけの虚無主義に過ぎないのではないか。

朝雄の思いも知らず、チヨは両の手の指をからませながらモジモジと遠慮がちに言う。

「福田さんに会いたいなんて言えば、きっと、奥様はお怒りですよね。それに福田さんの居所もわからないし」

それを聞いて、とっさに朝雄は胸をたたいて請け合った。

「おふくろが何だ。おれに任せとけ。うまく会わせてやる」

なぜ、いきなり男気を出してしまったのか朝雄は自分でもよくわからなかったが、今度こそ何かをせねばと思った。英子の住所は友人の報告の中で知らされている。

# 5

朝雄はチヨを自分とともに外出させる口実をひねり出した。それは、チヨを自分の学友に引き合わせるために滝野川の紅葉狩りに連れ出すというものだ。これはまったくのでたらめではない。少し前、その学友を自宅に招いたとき、彼はチヨを垣間見て、大いに気に入ったようだった。申し訳ないがその学友を利用して架空の恋の手引きを口実にしようと思いついたのである。

早速、母の節子にそのことを言うと、

「紅葉狩り？　間もなく十二月になろうとしているのに、紅葉なんて残ってないよ」

節子は呆れたように言ったが、日ごろ人の世話を焼くことなどない息子が、人並みなお節介をすると聞いて、かえって喜んだ。

「チヨもそろそろ嫁にやらなければならない年ごろだから、いい人がいたらと思っていたところよ。うまくいくといいがねえ」

母が、二人を外でなくこの家で会わせればいい、などと言い出したら困ると朝雄は怖れていたが、節子はそんなことは言わなかった。家での見合いの形にしては、ゆくゆくは主人として責任をもたなければならない、と、とっさに警戒したのかもしれない。

朝雄はさらに周到な準備をした。チヨがいきなり福田家を訪ねるのは失礼だし、英子が不在だと訪問が無駄になるので、ひそかに英子に手紙を出して反応を確かめた。

まず朝雄自身、母が『青鞜』に関係のある木村節子の息子であることを明らかにし、使用人のチヨという娘が偶然、我が家で貴女《あなた》を見かけたがすぐには気づかなかったこと、後で思い出して懐かしくなり、ぜひ一度お会いしたいと願っていることなどを書き、もし会ってもらえるなら、いつ、どこでがいいかと、問い合わせたのである。

朝雄は、英子の返信が絶対に家族や女中たちの手を経ないよう、チヨに郵便受けを見張らせた。すぐに返事がきた。英子は、ぜひチヨを自宅へ寄越してほしいと言い、都合のいい日時を知らせてきた。最寄駅は王子。駅から自宅までの略図まで同封されていた。読売新聞の訪問記に載ったころの英子の住所は上駒込だったが、その後すぐに東京府下滝野川に移っている。

いよいよ約束した日がきて、朝雄はチヨと連れ立って家を出た。チヨは自分が働いて貯めた金で新調した、一張羅の紫色の地に椿の模様のある銘仙の着物と羽織を着た。見合いだと信じている女主人の節子が、友子のきれいな肩掛けを貸してくれた。

朝雄とチヨは王子電気軌道車の王子駅で降りて、駅前の屋台のような粗末な店でうどんを食べた。お昼ごろに来て、と英子の手紙にはあったが、貧しい英子に気を遣わせまいと、朝雄が早めの昼食をとったのである。

それから二人はでこぼこした田舎道を歩いた。滝野川、王子一帯は江戸時代から春は桜、秋は紅葉の名所として知られているが、冬も間近なこの季節はところどころ百姓家が点在するほか、まばらな森や葉を落とした林が寒々と立っているばかりのさびしいところだった。

朝雄は英子から送られてきた手書きの地図を見ながら三十分ほど歩いたとき、

「あ、これが目印の馬頭観音だな」と声を上げ、「ああ、あの貧しそうな一軒家がそうだ。よし、ここからはおまえ一人で行け」

「若旦那様はいっしょに来てくれないんですか」

チヨが恨めしそうに朝雄を見上げると、

「おれは女たちの話に首を突っこむほど酔狂じゃない。王子駅まで引き返して時間を潰す」

と、朝雄は懐中時計を見ながら、

「今、十二時半だ。女の話は長いというが一時間か一時間半もあれば話も尽きるだろう。おれは二時半まで駅で待つ。それ以上遅れると、おまえを置いて帰ってしまうからな。福田家の時計を見て遅れないように戻って来いよ。帰りは今来た道を戻ればよい」

と、何もかも自分できめて、サッサと今来た道を引き返していった。

チヨは不安と緊張でドキドキしたが、これ以上朝雄に甘えるわけにはいかなかった。

朝雄が教えた家の前で、チヨが「ごめんください」と声をかけたとたん、玄関の戸がスッと開き、すぐそこに英子の顔があった。

「待ってたのよ。チヨちゃん」

英子はチヨの訪問時刻を知っていて玄関で待ち構えていたのだ。英子はチヨが一人であることが不審な様子で、

「あら？　お連れさんはどうしたの？」

「若旦那様は、照れくさいのか来ません。王子駅で待つそうです」

「なあんだ、いっしょに来ればいいのに。あんなに親切で優しい手紙を書く青年はどんな人かって、わたし、楽しみにしていたのに」

そう言いながら、英子は、改めて自分より背の高いチヨを見上げ、

「こんなに大きくてきれいになったんだもの、木村節子さんのお宅で会った女中さんがチヨちゃんだとはまったく気づかなかったのも仕方がないわね。さあ、上がって」

チヨは下駄を脱いで部屋に上がった。

四畳半ほどの部屋の隅に、行商用の反物を包んであると思われる大きな風呂敷包みがあるほか、家具らしいものはなく、畳が茶色にケバ立っているのが目立つばかりである。

「何もない部屋でしょう。引っ越しばかりしてるから、荷物なんかほどく間もなくて隣の部屋に放りこんであるの。そのほうが次に引っ越すときに楽だし。アハハ。ま、そんなことはどうでもいいわね。さあ、チヨちゃん、そこに座って」

英子は、チヨに部屋の真ん中に置かれたちゃぶ台の前の座布団に座るように言い、

「寒いでしょう？　火鉢もってくる？　お昼は？」などと矢継ぎ早に訊いた。

「おかまいなく。お昼も済ませてきました」

「そう？　なら、お茶だけでも」

あっさりと英子はうなずき、襖《ふすま》をあけて台所のほうへ行った。チヨは、朝雄が気を利かせて早めにうどんを食べさせてくれてよかったと思った。

チヨがボンヤリと部屋の中を見回していると、唯一の家具といえる低い茶箪笥の上に小さな素

焼きの花瓶が置かれていて、山茶花《さざんか》が一輪挿してあるのが目に入った。この殺風景な部屋にそぐわない優雅さだと思って見ていると、台所から茶碗をのせたお盆を運んできた英子が、めざとくチヨの視線に気づいて、

「あれはいっしょに住んでいる息子の千秋の仕業《しわざ》。女みたいな名前でしょう？　亡くなった夫、福田友作の末っ子なのよ。顔も性格も女みたいにきれいで優しくて、いつもああして花など飾ってくれるのよ。残念ながら今日は留守だけど」

「はあ」

「そう言えば龍麿も花好きでね。いつも庭に花を植えてくれたわ」

「龍麿さんとおっしゃるのは？」

「大井憲太郎が父親なの。わたしが龍麿を育てたんだけど、大きくなるとやっぱり父親が教育したほうがいいということになって、憲太郎に渡しちゃった。息子を満州くんだりまでやるのは身を切られるように辛かったけどね」

「満州へ？」

「そう、大井が満州にいるのよ」

「まあ、そうなんですか」

「わたしには四人の息子がいるの。どれもこれも優しいというか、軟弱というか。でも親たちがガムシャラすぎるからかえってそうなったんだと田中さんに言われたことがある」

やがて英子は自分ばかりが長々としゃべってしまったことに気がつき、

「まあ、わたしったら、せっかく来てくれたチヨちゃんに何でこんな話をするんだろう。ごめんなさいね。ところでこれ、お茶請けよ。食べない？」

　と、お盆にのせた菓子皿をチヨの前に差し出した。見ればビスケットともラスクともつかないものが山盛りにのっている。ラスクは女主人の節子の好物で、チヨもお相伴にあずかることがある。しかし、よく見るとそれは単に丸いパンが薄く輪切りにされ、干からびたものに過ぎないとわかった。

「これはちょっと古くなってるけど、よく嚙んでいるうちに香ばしくて結構いい味がするのよ。有名な高級店のパンだから、あなたが来たら食べてもらおうと思って」

「ありがとうございます。でもお腹がいっぱいで」

　チヨはすぐには手を出さなかった。が、ふと、英子はこれを昼食代わりに自分に出してくれているのではないかと思い、形なりともふつうの昼食を用意できない英子の貧しさを見たように感じた。英子は、特徴のある、鼻の根元に皺を寄せる笑いを見せて、

「じつはこれ、わたしが呉服の行商に行った先からとってきた戦利品」

「え？」

「その店ではどんなに頼んでも反物を買ってくれないから、わたしは腹が立って、金持ちのくせに谷中村の残留民に同情できないのかと毒づいたら、代わりに売れ残りのパンを三十個もくれたの。わたしは乞食じゃない、そんなお恵みはいらないと突き返したら、あんたにあげるんじゃない、谷中村の人にあげるんだと言う。あ、それなら、と思い直してもらってきちゃった。そのと

きは、パンを全部谷中へ届けるつもりだったけど、悲しいことに汽車賃もなくてね。で、仕方なくうちでご飯代わりに食べてるわけ。アハハ」

英子は何の気取りもなくそう言ったが、チヨはそれを聞いて泣きそうになった。

「福田さんが行商までして谷中村の残留民を助けようとしてくださるなんて。もったいなくて、このパンは喉を通りません」

「何て優しいことを言ってくれるの。人からもらった古いパンを出しているのに。こちらこそありがとう、って礼を言いたい」

チヨは、かつて谷中村で古着をもらったことを感謝する祖母のキンに対して、英子が、こんな古着を役に立たせていただいてこちらこそありがとうと、逆にお礼を言ったのを、ついこの間のことのように思い出した。英子の人柄はあのころとちっとも変わっていない。英子にとっては、物をあげることと、もらうこと、もっと言えば、支援する側と、される側の間に上下の壁などまったくないのだ。

ほんとうは食べたくないけれど、これほど重い意味のあるパンを拒否すれば罰があたると思ってチヨが手を伸ばすと、英子は笑って止めた。

「無理しなくていいよ。正直言って、コチコチすぎておいしくないから」

「でも……」

「チヨちゃんは行商をするわたしをみじめだと思っているでしょう。でもそれは違う。確かにお金が欲しくて行商しているけど、わたしにはもっと別の目的があるの」

「別の目的と言いますと？」

「行商をしながらなるべく多くの家々を回って、旧谷中村の人を助けて、と、訴えつづけること、これが目的。たび重なると押売りみたいに思われて嫌われていることは重々わかってる。木村節子さんだって、今にも塩を撒きたそうな顔をして追っ払ったのをあなた、見てたわね。でもわたしは平気、行脚《あんぎゃ》だと思って何回でも訪ねていくの」

「行脚？」

「そう、今のわたしに谷中村のことを訴える手立てはこれしかない。少し前は、自分が発行していた『世界婦人』で訴えることができた。でももう、雑誌の発行はできなくなった。演説会をやって聴衆に訴えたくても、聴きにきてくれる人なんかいるはずはない。だから今できることは一軒一軒知り合いを訪ね歩いて、谷中を救ってくださいと訴えて、理解ある仲間を増やすことしかないの」

「………」

「あなたも知ってる島田俊三さんが、旧谷中村を復活させるために協力してほしいとあちこち頼んで回っても、ほとんどの人が断るのね。もう復活の願望は捨てろと言うそうなの。こうして支持者がどんどんいなくなる。その人たちにも考えがあるでしょうが、わたしにもわたしの考えがある。それは、為政者に苦しめられ、虐げられる人々を救うことができるのは、息の長い世間の後押しがあるかどうかにかかっているということ。だって、為政者って世論を恐がっていて、いつも世間の動向を窺ってるんだもの。世間の関心が下火になったと見るや、群れを離れた子羊を襲う狼のように一気に息の根をとめにくる。谷中村の残留民を群れから離れた子羊にしてはいけない。わたしはそう思うから、支援者を増やしたいの。援助できないなら、せめて谷中村を忘れないで、と訴えたいの。どう？　わたしがみじめな気持ちで行商しているのではないことわかってくれた？」

「ええ」

「人に言い広めて、谷中村を決して忘れ去られないようにすること、それがりっぱな支援だと思う。チヨちゃんもできるだけ周りの人たちに谷中村のことを話しつづけてほしいな」

はい、とチヨは小さく答えた。英子の願いは痛いほどわかるが、自分にじっさいに他人にまで働きかける勇気はあるだろうかと考えこんでしまう。身近な人たち、たとえば主人一家はみんないい人だけど、谷中村のことについて真剣に聞く耳をもっているとは到底思えないのは、この前英子が訪問したときの騒動からもわかる。わたしはむろん英子の味方であるがあまりにも非力だ。英子と非力なわたしのたった二人ぽっちで、群れから見放された子羊のような谷中村を守るための世論の輪を広げられるものだろうか。むずかしいことだらけだ。チヨは恐る恐る英子に質問した。

「福田さんは、このやり方で谷中村の残留民を救えるとお思いですか」

「うーん」英子は額に手を当ててしばらく考えていたが、

「こんな話を聞いたことがあるわ。あるとき、東京の宗教家が田中正造さんを訪ねてきて、あなたはこういう運動をしていてほんとうに谷中村を救済できる確信があるのですかと訊いたら、田中さんは、結果のほどはわからないと答えたそうよ。ただし、死ぬと思う肺病患者でも命あるうちは治療し、看護するのが人生の義務であり責任、まして良民が暴政の虐げを受けるなら、わたしは身命を賭して最善を尽くす覚悟です、と。あなたの今の質問でそれを思い出したわ」

「とすると、福田さんの答えもそうなんですか」

「うーん」

また英子は額に手を当てて考えこんだ。そのとき、柱時計がボーン、ボーンと二回鳴った。

「あ。いけない、二時です。わたし帰らなくちゃ」

チヨは飛び上がった。英子は不満そうに、

「え？　まだ話したいことがいっぱい残ってるのに。もう帰るの？」

「帰らないと若旦那様に置いていかれます。二時半までに駅に着かないと」

「ふうん、それじゃ仕方がないね。また来てくれる？」

はたしてまた、こんな機会が与えられるだろうかと内心思いながらもチヨはうなずき、そそくさと玄関に下りた。下駄を履くチヨの背に、英子は言った。

「あなた木村朝雄さんのお嫁さんになるといいわよ。ぜひ、そうなさい」

え？　チヨは振り向き、ポカンと英子の顔を見上げた。英子は笑って片目をつぶり、

「朝雄さんがその気でいることは、手紙でよくわかった。あの人、真剣よ」

その瞬間、チヨは頭も顔も、耳までも熱くなるのを覚え、

「失礼します」

と言ったきり、もと来た道を駆け出した。

旧谷中村の島田俊三からの手紙で、ついに残留民全員が移住するという報告をチヨが受けたのは大正六年二月のことである。俊三一家も、藤岡町に移ることに決めたという。田中正造の死から四年後であった。

## 6

大正七年、チヨは十九歳で結婚した。相手は木村朝雄ではなく、彼の学友の米川誠一であった。朝雄の母の節子が、息子とチヨが急接近する気配を感じ、急いでチヨを他所へ嫁に出そうと思案した結果、少し前に朝雄がチヨを福田英子に会わせるための口実として利用した、朝雄の学友米川誠一を選んだのである。誠一は以前木村朝雄の家に遊びにきたとき、垣間見たチヨに一目ぼれしていたから、縁談がまとまるのは早かった。

朝雄は、思いがけず誠一とチヨが結びつく結果になったことに複雑な思いをしたが、気持ちを率直に表せない性格から、この縁談に賛成も反対もしない優柔不断な態度で成り行きに任せてしまった。

そんな朝雄にチヨは失望したけれども、もともと自分のような教養のない娘が老舗薬種問屋の嫁になる資格などないと諦めていたから、米川誠一と結婚するのにさほどの抵抗はなかった。

誠一の実家も木村家に劣らぬほど格式のある品川の大きな料理屋だが、誠一は長男でありながら家業を嫌い、薬学専門学校に入って、卒業後は製薬会社に勤務した。チヨは夫の家業への無責任ぶりを補うかのように、まめまめしく働いた。

誠一の弟の啓二は兄と違って商売熱心で、両親のおぼえもよかった。兄より早く結婚して男児をもうけ、分家した後も本家の父を助けて、料理屋の経営に精を出した。

チヨは結婚の翌年、二十歳で女児トモエの母になった。

誠一はおだやかな優しい夫で、妻と娘を大事にした。何もかも順調にいくかと思われたが、結婚して三年後、突然大きな不幸が降りかかった。誠一が同僚と海水浴に行った海で遊泳中、心臓麻痺をおこして急死してしまったのだ。

チヨの悲嘆は大きく深かった。だが、まだ小さい一人娘トモエを育て上げねばならないという責任感から、以前にも増して身を粉にして立ち働くことで悲しみを癒やした。

しかし夫の一周忌が過ぎるころから、舅、姑が冷たくなってきたのを感じとった。両親としては長男誠一が是非にと言うのでしぶしぶチヨとの結婚を承知したのだけれど、誠一が亡くなってみれば、寡婦のチヨをこのまま米川家に置いておく必要があるとは思えない。いっそ次男啓二を本家に戻し、正式に店の後継者に据えたほうがいいと考えはじめたのである。しかも啓二にはすでに次代の跡継ぎになれそうな男の子がいる。チヨには女の子がいるだけで、婿をとって家の跡をとらせるには時間がかかる、等々。

口に出して言われなくてもチヨにはヒシヒシと舅たちの心の内が感じられた。

チヨは厨房の仕事にも張り合いがなくなり、この家にいることが日ごとに辛くなった。だが、もし家を出るとしても、何の後ろ盾もない自分たち母子には生きる手立てがない。去るも地獄、残るも地獄と、途方に暮れるばかりだった。

悩み抜いた揚句、チヨは福田英子に相談した。滝野川の英子の家で再会して以来、チヨは英子と何度か会った。会うたびに英子は、わたしはこんな娘が欲しかったのよ、と喜んでくれたし、チヨも、そう言ってくれる英子が心強くて、母親のように慕った。

チヨが木村朝雄でなく米川誠一と結婚したとき、英子は婦人解放運動家らしく自由恋愛を説き、自分の気持ちにもっと忠実になって朝雄さんの胸に飛びこんでいきなさいと励ました。一方でチヨとの恋を成就させる努力をしなかった朝雄のことを、見栄っ張りな母親に負けた優柔不断な青年だと酷評し、男って結局みんなこうなのよね、と嘆いた。

夫に死なれたチヨから、家を出るべきかどうかと相談されたとき、英子は怒って、

「あなた、おめおめ追い出されてはだめよ。ここはわたしとトモエの家ですと、デーンと構えなきゃ。あなたには居座る権利がある。トモエちゃんのためにも権利を守りなさい」

しかしチヨ自身にもう米川家に執着する気持ちがないのを知ると、

「わかった。味方もいない厭な家に縛りつけられるくらいなら自由になりなさい。ただし、もらうものをしっかりもらってから出るのよ。そうしないと今後生きていけないよ」

「と、言いますと?」

「きまってるじゃない。お金よ。慰謝料と、トモエちゃんが成人するまでの養育費」

そう言って、英子は自分の経験談を話した。

英子は大井憲太郎と別れるとき、五百円を要求して受け取った。それを基金にして神田に女子実業学校を創設するためだったという。明治二十年代のことである。

「不実な大井に正当な権利を要求したのだから、わたし、躊躇する気などなかったわ」

大井憲太郎の不実とは、英子と結婚するときすでに正妻がいたことや、英子の親友に子どもを産ませた事実を隠していたことなどである。また、英子はその後結婚した福田友作の死後、友作の親元から次男、三男の養育費をもらったという。

チヨが、居づらくて自分から家を出るのだからお金の要求などできないと言うと、

「もっとずるくならなくちゃだめ。娘のために何としても米川家に残りたいのだけど、家と義弟のために泣く泣く身を引く、というような筋立てにもっていくのよ」

英子はそう言い、少し考えてから、

「何ならわたしが交渉役になってもいいよ」と言ってくれた。

米川家が、チヨ母子を邪魔者に感じていたのは事実であった。が、長男の死後二年も経たないうちに嫁と孫を追い出すのはいかにも不人情で世間体も悪いとためらっていたところへ、有名な福田英子が現れ、チヨの離縁の条件をつきつけたのだから驚いた。

舅たちは何一つ異論を唱えず、英子の示す要求をすべて呑んだ。

こうしてチヨは慰謝料と、トモエの月々の養育費、それにトモエが将来結婚するときは米川家の娘にふさわしい嫁入り支度金を支払うという念書を受け取ることができた。

「これだけあれば実家へ帰っても当面は安心ね」

当然チヨが栃木の実家へ帰るものと思った英子がそう言うと、チヨはきっぱりと否定した。

「いいえ、わたしは東京に残って勉強します。田舎へ帰ると勉強できませんから」

チヨはその理由として、数年前、谷中村の島田俊三が、文字の読み書きができることだけに満足しないで、もっと勉強して、いろいろな本を読み、世の中のことがよくわかるようになりなさい、と激励してくれたのを今も忘れてはいないのだと言った。

「あのときはそんなことできっこないと思いましたが、今ならできるような気がします」

「へえ。ついこの間まで婚家を出るの出ないのとグズグズ言ってたチヨちゃんが、いつの間にそんなにりっぱな決心をしたの？」

「米川からお金をもらったときからです。はじめて見る大金にボーッとなって、ほんとに自分のお金とは信じられませんでした。でも正気に返ると、これは夫がわたしに与えてくれたお金だと急に勇気がわいてきました。お金の力ってすごいですね。いろいろな夢を叶えることができるんですから」

「とりあえずあなたの今の夢は勉強することなのね」

「そうです。勉強して俊三兄ちゃんの期待に応えたいと思います」

「なるほどね。これだけあれば学資の心配もないわね」

「いいえ、このお金には手をつけずとっておいて、働きながら勉強することにします」

と、チヨは気負いこんでいる。何の特技もない寡婦が子どもを抱え、働きながら勉強するなんて、世の中そんな甘いものじゃないと、辛酸をなめつくしてきた英子は思ったが、チヨの志に水をさすのも忍びなく、持ち前の気っぷのよさで約束した。

「よし、チヨちゃんの心意気に感じて、わたしもあなたの職探しを手伝うよ」

英子の奔走のお蔭で、花東女学校という私立学校の寄宿舎の舎監の職が見つかった。チヨは、そこで六畳の一室を与えられ、トモエと二人水入らずで暮らすことができる。舎監の給料は安いが、米川家から月々送られてくるトモエの養育費を合わせれば、何とかやっていく目途《めど》がついた。

チヨは米川姓から池上姓に戻った。

英子はさらに、教会の牧師をしているかつての知人を訪ね、週に何度かチヨの勉強をみてやってほしいと頼んだ。その教会では信者が望めば、礼拝日以外の日に、一般的な教養として読み書き、算数、地理、英語などを教える学習会を設けていた。貧しいが向学心のある信者の中には、この学習会が目的の人も多かった。

寄宿舎からも近く、子連れでもいいという寛大なこの学習会にチヨは早速通いはじめた。

チヨはすでに読み書きには不自由しなくなっていたが、この学習会に入ってからは、学ぶべきことが際限なくあること、そしてそれらのどれもが興味深く、知識欲を刺激されることを知り、毎日が楽しくてうれしくてたまらなかった。

「ここまでこられたのも、みんな英子さんのお蔭です」

チヨは心から感謝し、いよいよ英子を信頼した。

それから二年ほどして、チヨが舎監の仕事に慣れ、教会での勉強も確実に成果が上がりはじめたころ、英子がめずらしく弱気な口調でチヨに言った。

「わたしの仕事を手伝ってくれない？　わたしももう還暦。疲れてしまったわ」

「仕事って、行商ですか」

チヨの冗談に英子は吹き出し、

「行商はさせないよ。けど、あちこち歩き回る意味では同じかな？　まあ、聞いてよ」

英子は、苦しい生活の中から汽車賃を捻出しては、離散した旧谷中村残留民を個々に訪ねて慰め、励ます旅をしているのだと話した。はじめのうちは最後まで村に残った十五戸の人々が対象だったが、いつのまにか範囲が広がった。早くから谷中村を立ち退いた人や、買収がさかんになったころ村を出た人たちとも会って話すと、足尾銅山鉱毒事件に苦しめられた耐え難い経験をみな同じくもっており、水を向けると堰を切ったように語り出すのだという。

英子に新たな目標ができた。英子はそれらの人々の話を聞きとり、記録することを残りの人生の使命と考えるようになった。英子の行脚はまだつづいているということだ。

「で、わたしは何を手伝えばいいのですか」と、チヨが訊ねると、

「わたしといっしょに、歩いてくれればいい。あなたのような若い人がいっしょだと相手も気持ちがなごんでもっと話してくれると思う。それにあなたは地元出身者だから互いに微妙な言葉遣いも受けとめやすい。むろん、あなたは忙しいからたまにつき合ってくれればいいの。栃木といってもみんなそれぞれ違う場所に住んでいて、一回訪ねても一軒さえ回れるかどうか。だれにも会えないときもあるし、何しにきたと追い返されることもある。しんどいことだけど、焦らず回

るしかない。どう？　いっしょにやってくれる？」

「むずかしそう。わたしにやれるでしょうか？」

「やれるよ。わたしがすでに聞きとった記録を読めば、あなたもきっとやる気になるわ」

と言って英子は手垢のついた分厚い手帳を見せてくれた。紙面は判読できないような乱れた文字でびっしりと埋め尽くされ、本人以外にはとても読めたものではない。英子の体の不調のせいでかくも乱雑な記録になっているのかと、チヨは心配で放っておけなくなった。勉学にいそしんだ結果、字をきれいに書くことにも自信がもてるようになっている。

「わたしでよかったら、これを清書しましょうか」

「ああ、そうしてくれたら、助かる」

英子は待っていたように喜んで答えた。

チヨはこんなきっかけから、英子の記録を清書したり、まとめたりしはじめたのだが、まさか、英子亡き後も、自分自身の使命として、英子の仕事を引き継いでいくことになろうとは、そのときは夢にも思わなかった。

# 第二章　ユウ

## 1

明治四十年六月十二日、藤岡町役場は、まだ谷中村から立ち去らない十六戸の残留民に即刻出頭せよという命令を出した。

残留民らが役場へ行くと、部下を従えて現れた栃木県植松警察部長（通称第四部長）から一枚の書類を渡された。そこには、残留民家屋強制破壊は今月二十二日ときまったゆえそれまでに各自が家や樹木を取り払うように、もし無視すれば県が強制執行する、その費用は各自に負担させる、などと書いてある。執行官である第四部長は威厳を見せて、

「多少の不満があってもグズグズ言わず立ち退くがよい。このことは今や国家も世論も認めていて議論の余地はない。聞き入れなければ警察力をもって捕えて引きずり出す。雨が降っても鑓《やり》が

降ってもかまわぬ。片っ端から取っつかまえて放り出す」

　この恫喝に対して残留民は特に猛反発したり反論を述べたりはしなかった。すでに五カ月ほど前、彼らは藤岡町役場で郡長らから土地収用法適用の公告について聞かされていたからである。そのときはみんなが活発に意見を述べた。

「家屋や樹木が潴水池《ちょすいち》の邪魔になるなら取り払ってもいいが、土地の所有権は残してほしい」「潴水池が国家のためになるなら私の所有地は無代で献上する」「潴水池を作るのに土地が必要なら、買収せず、借りて使用することもできるだろう。それなら貸します」等々、誠意をもって返答をしたにもかかわらず、何一つ取り上げられることがなかった。

　その後、再度意見書を出したがこれも無視されたまま。そして今回の命令書を渡されたのだから、残留民は今さら何も言うべき言葉をもたなかったのである。

　それから七日後の十九日、第四部長は残留民が買収対策事務所としている間明田粂次郎宅へ自らやってきて、再び立ち退きを命じた。

　第四部長はその前に、村の指導者と目されている田中正造個人と会い、最終的な説得を試みたが、正造はこれまで主張してきた考えを次のように繰り返すのみだった。

「栃木県庁は谷中村民を放逐せんとの意志であるが、谷中村買収案は県会の費目にもなく、帝国議会の決議にもない。谷中村を廃して藤岡町に合併したのは町村制を逆用した詐欺的手段である。県は何故《なにゆえ》明治三十五年以来、谷中村の堤防を築かぬのか。また何故村民の築いた堤防を破壊したのか。年間二十余万円もの収入のある村を買収するのに、何故タッタの四十八万円と評価したのか。前任の白仁知事自らが無効と白状した潴水池を何故中止しないのか。たとえ一度決定したものでも、非とわかればそれを改めるのが地方自治の本旨ではないか。県は何故村長職務管掌の鈴木豊三をして僕を官吏侮辱罪で訴えさせたのか。何故こうした数々の卑劣なる手段をもって村民を放逐しようとするのか。だから僕は栃木県庁は泥棒であると言うのだ。これは東京控訴院でも言明したところである」

正造の長い抗議の言葉を辛抱強く聞いていた第四部長は最後に、

「それならば今後如何《いか》にするお考えですか」

「僕は人民のためばかりでなく国家のために言うのだが、それが聴けないなら煮て食おうとも焼いて食おうともお好きにされよ。今やわれわれは困窮して乞食の姿になっている。買収に応じるも乞食、応ぜざるも乞食となるのは同じこと。僕もまた乞食になって村民と共に食を天に乞うのみである」

正造はそう言い終わって、目から流れ落ちる涙を拳で拭いた。

かくして正造との交渉が決裂したので、第四部長は残留民全員を呼び出し、直接引導を渡したのである。

いよいよ明日は強制破壊という日の夕方、残留民は間明田粂次郎宅で最後の結合会を開くことにした。残留民の一人水野彦市がその会に出かけようとすると、二十二歳になる長女のユウが思いつめたような表情で父に言った。

「おらも行く」

「何を言う。おなごのおめえが行ってもしょうがねえ」

「だって、おら、ここまで追い詰められた村の人たちが、一体どんな覚悟でいるのか、この耳でしっかり聞いてみたいんだもの」

ユウは何年も前から妹のサチとともに、思川を挟んだ東側の隣村、野木村の製糸工場へ女工として働きにいっている。寄宿舎住まいで、家に帰るのが盆暮れの二回ぐらいだし、筆をとるのが苦手な父はめったに手紙を寄越さなかったから、実家がいつどうされようとしているのか、一向にはっきりしなかった。まして村の人々がどんな気持ちでいるのかなどはよくわからない。彦市の手紙は、

〈谷中村の十六戸がいよいよ強制破壊されることになった。といっておまえがすぐ帰宅するには及ばない。盆に帰ってきても家がないとびっくりするだろうから、一応知らせておく〉のだと、至極淡々としたものだった。

いくら帰って来るなと言われても、いよいよ家が壊されるという話にユウは心配でいても立ってもいられず、急遽、休みをもらって帰ってきたのである。

父に反対されてもユウは結合会に出たいとがんばった。

「おなごだって家族の一人だもん、詳しいこと聞きたいよ」

「聞いてどうする。今さらどんな話を聞いたって間に合わねえや」

彦市はそう言いながらも、いつの間にか一人前に生意気を言うようになった娘を頼もしそうに見た。娘盛りというのに、化粧一つせず、家のためによその村へ働きに行っているうちに二十二

にもなってしまった。だが、野良仕事をしないせいか、他の村娘のように日焼けもせず、張りのあるなめらかな肌や、濃い眉の下の聡明そうに澄んだ目や、みずみずしいふっくらとした唇などを改めて眺めると、父親の自分でさえドギマギするような美しさだった。

可哀想にこれほどの娘を嫁き遅《おく》れにしてしまいそうだ。家を破壊されてしまえばもっと悲惨な境遇になり、まともな結婚をさせることなどできそうもない。彦市はユウに対する憐憫と申し訳なさで胸がいっぱいになり、とうとう折れた。

「そんなについてきてえなら来い。ただしおなごのくせに余計な口を出すんじゃねえぞ」

父がやっと承知してくれたので、ユウは大急ぎで身支度した。乱れた髪を水で濡らして櫛でとかし、とっておきのきれいな紐で束ね、何より大切にしている、皺もしみもない薄紅色の前掛けをつけるだけの身支度である。

対策事務所になっている間明田粂次郎宅にはすでに、ほとんどの残留の家の主人たちと、女房連、それに他所《よそ》から来た支援者の人たち数人がつめかけている。田中正造は別の用があって欠席するという報告があった。

出席者の中に一人だけみんなと雰囲気の違う、木綿の紺絣《こんがすり》の筒袖姿で、口ひげをはやした厳めしそうな人がいる。ユウがこっそり、だれ？　と父に訊くと、木下尚江という元新聞記者で田中正造の支援者だと教えてくれた。その人は伊香保に仮住まいしているのだが、そこからわざわざ来てくれたのだという。

父娘の視線を感じたのか木下は、父の後ろに隠れるようにしているユウを見つけて立ち上がり、

近づいてきて、

「おお、紅一点の別嬪さんがいる。ささ、ここへ」

と、無理やり彼女の腕をとって立たせ、自分の隣に座らせてしまった。

「紅は一点じゃやねえ。ここにも紅がいるのが目に入らんのかよ」

どこかのおかみさんが、自分の存在を認めていない木下に文句をつけ、

「むっつり屋で怖い木下先生も、別嬪さんには優しいなあ。依怙贔屓《えこひいき》だよ」

と、言ったのでみんなは大笑いし、拍手までした。そのことで座を盛り上げたおかみさんは上機嫌で、ぼた餅をのせた大皿を運んできて、

「ユウちゃん、食べろや、ぼた餅だで。酒もあるでよ、飲むか」

「娘に酒なんぞすすめるな」

ユウの父親彦市が離れた席から目をむいて怒るとまた笑いがおきた。

何とかして座を明るくしようと、みんなが少し無理しているようにユウには見えた。金もないのに、それぞれが工面をして酒を持ち寄り、ぼた餅やうどんを作ってきて互いに振る舞い合っている。

ユウは会がもっと悲壮な雰囲気に包まれていると思ったのに、だれにもさほどの緊張感がなく、むしろすでに戦い終えたようなすがすがしい顔つきをしていることが意外だった。

会がはじまると、先祖たちが守ってきた谷中村を自分たちの代で潰してしまうことの申し訳なさや、これからはさぞ困難があると予想されるが、この道を選んだのはほかならぬ自分たちであ

り、当局に悪政の反省を促すためには身をもってがんばるしかないなどと口々に、だが、あまり力みも見せずに語り合った。

　木下尚江は、伊香保から今夜ここへとんできたわけを語った。

「いよいよみなさん方の家が強制破壊されると聞いて、どんな事態が出来するやもしれない、万が一にも、みなさんや田中さんに指一本の傷も負わせてはならぬという思いに駆られて出てきました」

　と述べる太い眉のあたりには、彼自身もかなりの危険に遭うことの覚悟が浮かんでいる。

「……あるときわたしは諸君から指導者のごとく、救い手のごとく、恩人のごとくみなされたことがあり、わたしも心の中で幾分さような傲慢な感じをもったことをこの場で白状します。考えてみると、諸君とわたくしは、かつて同一の誤解に縛られていました。つまり、まず世論を呼び覚まし、その勢力によって当局の人を動かし、政治の手を借りてわが頭上の禍《わざわい》を除くべきものと考えていたことです。この誤解は必ずしもわれわれの無知無学からきたものではなく、祖先以来の世間一般の迷信でした。しかし多年の苦い経験は、今諸君をこの古い迷信から救い出し、恐らく日本の地に於《お》いてはまだ見たことのない生命の証人として諸君を立たせることになるでしょう。田地、住居、すなわち諸君の生活の武器、いや、生活そのものを権力が来て奪うのを驚かない。わたしは諸君に感謝します。悪に敵するなかれ、という驚くべき議論をこの眼で親しく見ることができるのを……」

　いっしょうけんめい聞いていたユウは、彼の話の途中からよく理解できなくなった。

まず世論を呼び覚まし、その勢力によって当局の人を動かし、政治の手を借りてわが頭上の禍を除くべきものと考えていたことを、木下は誤解だったと言う。どうしてそれが誤解なの？　わざと逆の言い回しをしているのかな？　彼女の頭はこんぐらがった。

ユウが納得できたのは、木下が最後に語ったことだけだった。

「二年前、私は諸君の顔が愁《うれ》いに包まれ、ややもすれば心が挫《くじ》けかかるのを見ました。しかるに今や、諸君は却って戦に勝った人のように勇み立っている。諸君の前途には雲が深い。けれども私は諸君に接して勇気を得ました……」

木下の話が終わると次に支援者で今は東京に住んでいる柴田三郎が、われわれ東京の有志も決してあなた方を見殺しにはしない。互いに手をつないで田中さんとともに乞食をしても正しい道を行くことにしましょう、と述べた。

木下尚江の話がむずかしいのと、たちこめる酒の臭いでユウは顔が火照《ほて》り、頭がボーッとして、新しい空気を吸いたくなった。

庭に出ると、すでにだれかが大きな石に腰かけタバコをふかしている。淡い月明かりの中を近づいていくと、それは顔見知りの島田俊三だとわかった。まあ、この子ったら、生意気にタバコを覚えたんだ、とユウは思った。紙巻タバコが出回ってからまだ日も浅く、これを吸うのは都会のハイカラさんだと言われており、百姓の俊三にはそぐわないはずだが、暗いせいか、それほど無理をしているようには見えなかった。

ユウの家と俊三の家は同じ集落内にあって、距離的にもかなり近く、互いに小さいときから知っている。ユウより三つくらい下、まだ二十歳にとどかないはずだ。女の子と男の子は成長するにつれてあまり話さなくなる。ましてユウは十代半ばから野木村へ行ったから二人は疎遠になった。

人から聞く話では、俊三は若いのになかなかのしっかり者で田中正造に従ってよく働き、正造の絶大な信頼をかち得ているそうだし、家では兄を助けて朝早くから夜遅くまで農作業に精を出すという。そんなにけなげな若者なら生意気にタバコぐらい吸っても大目に見ようと、ユウは姉のように寛大な気持ちになった。

俊三は悪事を見つけられたようにあわて、タバコの煙にむせかえりながら、

「このタバコ、木下先生にもらったんだ」

と、ユウが訊きもしないのに弁解した。その後でわざとらしく、

「静かだなあ、カエルはもう寝たんかなあ、鳴き声もしねえ」

ユウは思わず笑いそうになったが、我慢して調子を合わせ、

「カエルに比べりゃ、ヨシキリは夜ふかしだなあ、まだ鳴いてるよ」

二人はそれきり黙った。俊三はふと気づいたように紙巻タバコの火をもみ消し、ユウに、

「立ってねえで座ったら？　この石、でかいから、あんたのでかい尻でも座れるよ」

言ったね、とユウは笑いながら俊三の頭をコツンと叩き、彼の横に座った。急に幼馴染みの親近感が蘇った。ユウは訊ねた。

「あんたのおっ母さんは元気かね」

「うん、まあ」と彼は答えた。

「今も婦人会をやってるかね」

「うん、まあ」

俊三の母キクは婦人会の『谷中村を潰さぬ決心の仲間』の世話役である。三年前、谷中村に入村した田中正造が、婦人たちにも村の復活を考えてもらいたいという願いから発足させた会である。そのときキクはユウにも入会を勧めたが、野木村で働くユウにそれはできないことだった。

「忙しいのにようがんばる、偉いおっ母さんだね」

「うん、まあ」

この子ったら、うん、まあ、しか言えないのかしら。ユウがじれったく思っていると、俊三は急に大きな声を出した。

「あんたの親父さんだって偉いよ」

「へえ？　うちのお父《とう》のどこが？」

「五カ月ほど前、役人たちがおれたちを集めて、買収に応じろと責め立てたとき、あんたの親父さんは役人に向かって言ったんだ」

「何て？」

「潴水池を作ることがほんとうに世の中のためになり、そのための土地が必要ならば、所有権は譲れねえが、貸すだけは貸してあげましょう、って。なんていいことを言う人かと、おれ、すっかり尊敬したよ」

「え？　あの無口なお父がそんな偉そうなこと言ったの？」

「そうだよ。ふだん無口で通っているからこそ、かえって威力があった」

「だけどそんなこと、尊敬するほどのことかねえ？」

「おれたちはてめえが損をするか、得するか、買収額が安すぎるとか、そんなケチな了見でお上に逆らってるんじゃねえ。ほんとに世の中のためになるなら、無償でも協力するつもりがあるという心意気を彦市さんが示してくれたんだ。すると高田仙次郎さんも、この溜水池がほんとに国のため世の中のためになるなら、自分の土地はただで献納します、と言った。これまた潔い言葉だ。役人たちは返事もできずに困った顔をしてた」

「潔いかもしれないけど、ただで貸すとかあげるなんて、人がいいにもほどがあるよ。それくらいなら、いっそ最初からお金をもらって移住したほうがましだった」

「そうじゃねえ。彦市さんや仙次郎さんは、〝公のため〟と平気で嘘をつく役人たちに、どこが〝公のため〟なのか、その証拠を見せてみろと迫ってるんだ。この村に溜水池を作っても何の役にも立たないことははっきりしてるのに、あいつらは〝公のため〟と言えば国民は黙ると思ってるんだ。ところがおれたちは、いくら脅されても泣き寝入りしねえ。幸いに憲法ってものがあるからな」

「ケンポーって、ほんとにおらたちを守ってくれるの？」

「ああ、田中さんたちが自由民権運動とかで、ようやく勝ち取った憲法だ。政府が勝手に国民の人権を取り上げねえように、この憲法がにらみをきかせてるんだそうだ」

ケンポー、ジンケン、うちの父はそんなむずかしいことがわかっていて、役人に恰好のいいことを言ったのかしら。ユウは信じがたい気がした。

それにしても、さっきまで、うん、まあ、と言うばかりで頼りない子と思った俊三がいきなり雄弁になったので、ユウは彼を見直した。

「すごい、俊三さんはむずかしいことをよく知ってるね」

「このくらいふつうだよ。ユウちゃんが世間知らずなだけだ」

「フンだ。どうせ、おらは工場に閉じ込められて、世間のことはわかりませんよーだ」

俊三はユウを怒らせたことに気づき、急に優しくなった。

「ごめん。おれにわかることは、何でも教えるから訊いてくれよ」

「そんじゃ訊くが、さっき木下さんが言ったこと、よくわからなかった。説明してよ」

「どこのところがわかんねえの？」

「運動の仕方だよ。まず世論に訴えて、その力で当局の人を動かし、政治の手を借りて自分たちの禍を除く、おらはその順序が正しいと思うけど、あの木下という人は、そんな思い込みが誤解だったとか、迷信だったとか言った。どうしてなの？」

「すげえ、ユウちゃんはよく聞いてたんだなあ」俊三は頭を掻きながら、「おれもじつは、そこんとこ、よくわからなかった」

「何だ、じゃ、おらと同じじゃない」

「木下さんはときどきひねった言い方をするんで、おれはよくわからねえことがある。それに、あの人の考えは田中さんと少し違うところもあるみたいだ」

「どんなふうに？」

「木下さんは、権力はもともと、国民よりも一部の階層のために尽くすものだから、ふつうの国民がふつうの手段で戦っても、勝ち目はないと思っているらしい。田中さんは木下さん流の考えをある程度認めるが、それでも失望しないで正義を貫けば、いつかは開ける道もある、いや、ぜひとも開かせるべきだ、という立場で行動する」

「へえ。じゃ、考えの違う木下さんがどうして田中さんの支援をするの。わざわざ伊香保から来たりして」

「そこが人間だ」

いきなり分別くさい大人の口調になったので、ユウは吹き出した。俊三は大まじめで、

「考えが違えばサッサと離れていく人もいるが、考えが違っても、木下さんのように離れずに、田中さんに何かあると必ず駆けつける人もいる。それが友情ってもんだ」

男にはそんな友情もあるのかな。ユウは首をひねる。

結合会がもたれた日の夜遅く、突然、役所から破壊作業を五日間延期するという通知がきた。理由ははっきりしない。延期と聞いてみんなは、蛇の生殺しだ、やるならさっさとやってくれ、と怒ったが、その五日間でいくらかなりと農作業をやったり、少々の荷物を親類縁者の家に移動させることができたのは、結果的に助かったともいえた。

五日間の猶予ののち、六月二十九日の早朝から強制破壊はついに始まった。

第一日目（六月二十九日）に破壊されたのは、恵下野の東端、巴波川沿いの堤腹にある佐山梅吉、小川長三郎、川島伊勢五郎の三戸だった。県の土地を借りているこの三戸は、契約が切れる前に借地契約更新を申請したが断られ、仕方なくそのまま居続けたため河川法に触れるとして強制破壊される。土地収用法の適用を受けての破壊ではないので、立ち退き料も支給されない。

県の役人は白服姿の警官隊や作業人夫を引き連れ、何艘もの舟で佐山梅吉の家に乗り込んできた。三国橋近くで六十人あまりの警官が四方の道路をふさぎ、隣村から来る人も通りすがりの人も村に立ち入らせなかった。

破壊に立ち会うのは田中正造のほか、木下尚江、菊池茂、星野孝四郎、柴田三郎ら。その他の支援の有志や親戚縁者は近くの藪に隠れて見守った。鉱毒問題についてはすでに沈黙していた都下の各新聞も、その様子を取材させるために十一人の記者を入村させた。彼らは古河町の「かみや旅館」に泊まりこみ、連日村に通って取材することになった。

取材記者たちは舟で排水路を通ってきた。舟の周りの景色は取材目的を忘れさせるほど美しかった。右手遠くには富士や浅間、左手には筑波山が見える。深さ二メートルくらいの水路の両側には、青々とした真菰《まこも》や蒲《がま》の葉がのび、水面はビッシリと浮草に覆われて、隙間からところどころ睡蓮の葉や、とげの生えた鬼蓮《おにばす》の葉が見える。ときどき水鳥がとびたつ。まるで楽園のような風景であった。

執行官らは、見守っている人々や記者団を意識しているのか、表面上つとめておだやかに佐山家の家族に外に出るように命じた。だが佐山家の夫婦も年寄りも頑として動かない。出ろ、出ないの押し問答がつづくうち、執行側の気配が次第に険悪になった。

両者の衝突を恐れた木下尚江が佐山夫婦に近づき、なだめすかして外に連れ出した。強く抵抗するあまりケガなどしないようにと、前もって同志たちと申し合わせをしてあったので佐山家の家族はそれ以上の抵抗をせず外に出た。

それと同時に、人夫らは襲いかかるように家を破壊しはじめた。アッという間に家は壊され、家財道具も食器も、飯や汁の入った鍋まで屋外に放り出された。昼になって学校から帰った子どもは食べるものが何もなく、空腹と恐ろしい光景におびえて泣いた。人夫らは壊した用材を十数丁離れた川端の雷電神社跡へ運び出した。

次の破壊は小川長三郎の家である。主人長三郎は名だたる硬骨の大工で、この人がノミとカンナを研いで待っているとの密偵からの報告を受けた執行側は怖気《おじけ》づいた。だが様子を窺っているうちにその危険はなさそうだとわかると、人夫たちはいきなり屋根に登ったり、家の柱をやみくもに叩き壊したりしはじめた。長三郎は、自分の血と汗で作った家がかくも無残なやり方で壊されるのを目のあたりにして、大工の誇りを傷つけられて、

「家屋を壊す際には、すべての用材をていねいに扱い、図面と用材に番号をつけておくなどの作法があるはずだ。この無体なやり方は何だ。絶対許さんぞ」と叫んだ。

しかし長三郎の必死の叫びも無視され、人夫たちの狼藉はつづいた。

三軒目は、川島伊勢五郎の家である。ここも火事場のようにめちゃくちゃなやり方で破壊され、壊した用材はやはり雷電神社跡へ運び出された。

どの家の破壊もあまりに乱暴なやり方であった。見守るものたちは激しく抗議し、特に正造などは杖を振りかざして人夫に詰め寄った。が、辛うじて杖を振り下ろすことはしなかった。暴力による抵抗で残留民の一人でも逮捕されることがあれば、今後の彼らの生活がたちゆかない。同時に、非暴力に徹した抵抗ぶりを世間に強く訴える目的もあった。

第二日目は茂呂松右衛門の家と渡辺長輔の家。松右衛門の先祖はこの家を建てるために、百姓の半季奉公（月の半分は自家の仕事、半分は雇われた家の仕事をする）をして汗水流し、死ぬ思いをした。その苦労話を聞いて育った松右衛門もこの家を守るために、寝ずに働き、着る物も着ず、人並みのことは何一つせずにきた。それだのに理不尽にも県にぶち壊される結果になってしまい、誠に申し訳ない、と先祖の位牌の前で泣いた。

父の姿を見て、倅《せがれ》も興奮して丸裸になり、役人がそんな乱暴をするなら一歩も立ち退かない、さあ、殺すなり何なりとせよ、と泣き叫んだ。妻子もともに泣きわめく。

正造らの忠告もあり、役人は茂呂家の家族が落ち着くのを待ってから破壊に着手することにしたが、それもつかの間の猶予であった。間もなく家は壊され、母屋、納屋、水塚の三棟の破壊材はことごとく、すでに居住者が立ち退いている家の跡地に運び捨てられた。

つづく渡辺長輔の家では当主の長輔が半狂乱状態になった。彼は小心者で、神経を病む妹もいる。執行官らの姿を見て、自身も急に不安定になったか兄妹ともに興奮、悲泣した。老母は、自分が若ければ息子や娘を何とか静められるが、老いの身ではどうにもならないと泣く。これには見守る人ばかりかさすがの執行連中ももらい泣きした。見兼ねた木下尚江の進言もあり、この家の破壊は後日に回された。

第三日目は島田熊吉の家。母屋、納屋、水塚の三棟を破壊。

第四日目は水野彦市の家。主人彦市はこの日が近いことを覚悟はしていたが、手違いで連絡書が届かなかったため、所用で藤岡町へ出かけた後に執行官一行が来たのである。突然目の前に破壊者が現れたときは、いくら気が強くても世慣れない長女のユウは動顚した。それでも病身の母や幼い弟妹を守らねばという意識が強く、かすれがちの声を振り絞って、

「父は留守です。今、家を壊すのはやめてください」と頼んだ。

それを聞いた役人の一人が、周りの部下たちを見回しながら言った。

「さては、この家の親父は破壊に怖気づいて逃げおったと見えるのう」

取り巻きたちは上司に調子を合わせるようにドッと笑った。その瞬間、ユウの生来の気丈さが目を覚ました。父を弱虫呼ばわりされて黙ってはいられない。

「違います。うちの父が逃げたりするものですか」

最初の狼狽は一瞬のうちにはじけ飛び、激しい怒りに変わった。

ユウは切れ長の目をキッと見開き、肩をそびやかして、大勢の男たちと対峙した。

「連絡書が来なかったのは、そちらの手違いじゃないですか」

「いや、こちらに非があろうはずはない」

「いいえ、こちらにも非はありません」

「そうか。そうか。それならそれでいい」

役人は、おんな子どもと争っても仕方がないというふうに、もうユウを相手にせず、人夫たちに手を振って、かかれ、と合図をした。人夫たちは待っていたとばかり、主人に命令された猟犬のように目をぎらつかせ、うれしそうな声さえ上げながら家の中に躍り込もうとする。

ユウは縁先から庭に飛び降り、両手を広げて彼らの前に立ちはだかった。

「おらはこの家の長女です。父が帰るまではあなた方を一歩も中に入れません」

ユウの体は火のように熱い怒りに貫かれていた。怒りの炎は役人だけでなく、主人に飼いならされ、命令に盲従する人夫たちにも向けられた。彼らには心というものがないのだろうか。恐らく近隣の村々から駆り集められたであろう人夫らは、谷中村の村民と同じ鉱毒被害の苦しみを味わってきたはずである。人間としての心があるならば、家を破壊される側の絶望的な悲哀をわが身に置き換えて想像できないはずはない。たとえ上からの命令にせよ、弱いものをいじめることにいささかなりとも躊躇や罪悪感があるのが人間ではないか。それなのになぜ彼らはこうも嬉々として勇み立っているのか。なぜ同じ被害民同士というつながりの気持ちがもてないのか。

興奮して激しく波うつユウの胸のあたりを見ていた一人の人夫が、「おい、どけ」と彼女の肩を小突いてどかせようとし、ついでに小声で何やら卑猥なことをささやいたとき、ユウの怒りは頂点に達し、すんでのところで彼の顔に唾を吐きかけるところだった。

ユウの様子を近いところで見ていた木下尚江があわてて止めに入った。

後になってユウの毅然とした態度を聞いて感激した田中正造は、東京の講演会でもこのことを紹介し、聴衆を感動させた。

執行側は手ぬるくしていると時間ばかりかかるし、残留民たちをなだめるのにも世話が焼けるとばかり、五日目、六日目は力ずくで強引な作業を進め、ついに七月五日、先日後回しにした渡辺長輔の家を最後として十六戸の残留民の家屋をことごとく破壊し尽くした。

破壊最終日の午後、中山巳代蔵《みよぞう》県知事は部下を引き連れて視察に来、最後に壊した渡辺長輔の家の庭で得意そうに記念撮影をしてから引き上げた。

破壊終了とともに、東京から取材に来ていた各新聞の記者たちも来たときと同じく舟で堤内の排水路を通って帰った。七日前、記者たちが見た水景の美しさは、帰りも変わらないはずだが、破壊の惨状を見たあとの記者たちの目を喜ばせるものは何もなく、色のない空しい水景があるばかりだった。舟で送っていく田中正造は彼らに訴えた。

「記者のみなさん。あなた方の冷静な目で見た惨劇の一部始終を公明正大な筆で世に伝えてください」

記者たちは粛然として村を去った。

新聞各社は記者たちの取材記事をもとに早速この悲劇的な谷中村の事件を取り上げ論評した。田中正造がそれらの新聞を読んだのかどうか、周りのものに何も言わなかった。

島田俊三は、一、二年前までなら新聞をよく読んだ。村のだれかが東京へ行ったついでに買ってきた新聞を読ませてもらうことができたからだ。だが、今の状況ではそんな人もいない。頼りにするのは、福田英子がなるべく早く慰問に来て、世間の反応を伝えてくれることだった。

俊三の期待通り、英子は破壊後早々に新聞各社の最新版を携えて来村してくれた。だが同情的な論評を期待した俊三は、各紙の論旨が必ずしもそうでないことに失望した。毎日新聞は前々から谷中村問題に同情し支援をつづけているので論評は明快だった。

つまり、これは鉱毒事件に端を発した複雑怪奇な事件であるのに、国や県が単純に治水問題にすりかえ、瀦水池を作って問題解決をはかろうとするのは姑息な策であり、そのための土地収用法の適用はいかがなものか、などと、国や県を批判していた。同様の意見はいくつかの新聞にもあった。

が、その一方で、家を破壊された残留民を難ずる新聞も少なくなかった。たとえば、〈気の毒な残留民に同情はするけれども、もとはといえば時代や思想の変化に従おうとしない村民自らの頑迷さがこんな結果を招いたのだ〉というのである。

また別の新聞は、〈気の弱い村民が指導者の田中正造翁や支援者に義理を感じてこうなるのを断れなかったとしたら、その責任の一端は田中翁にあるのではないか。田中正造も村民も、森厳な国法を遵守し、行政命令の執行に服従するのは国民としての当然の義務である〉と訓を垂れている。

俊三が一番落胆したのは、強制破壊の取材中に彼と親しくなった記者が所属する新聞社の記事だった。その記者とは短期間のつき合いではあるが友情らしきものが芽生えたという実感があったのに、掲載された記事は意外にも次のような冷酷なものだった。

〈翁の谷中村での孤軍奮闘ぶりには敬意を表するが、それをもって佐倉宗吾の行動にならうつもりであるとすれば、ついには無謀な扇動家のそしりも免れないことになろう〉

「佐倉宗吾ってどんな人なんですか」

俊三が福田英子に訊くと、江戸前期に下総佐倉の佐倉宗吾という人が領主の悪税に悩む村民のために総代として江戸に行き将軍に直訴したため、捕えられ、磔《はりつけ》になったのだと説明した上で、この新聞社は、天皇直訴事件をおこしたときの田中正造は佐倉宗吾のつもりだったようだけど、それから六年もたった今もその古臭い義民像にとらわれているのなら、時代遅れも甚だしいと批判してるのだ、と、解説してくれた。

倫理観や義民像とはそんなに流行《はや》り廃《すた》りがあるものだろうかと俊三は思った。

「ひどいなあ。あの記者はいい人だと思ったのに、こんなふうに酷評するなんて何だか裏切られたような気がします」

「記者が個人的に正義感をもって書いた記事でも、上司の考えと一致しなければボツになってしまうの。新聞社なんてそういうものよ」

と英子は彼をなだめた。彼女は一般新聞の記事にあまり信を置いていないらしかった。

「おれ、田中さんが気の毒でならねえっす。こんなふうに悪く書かれて」

「正造さんが悪口を言われるのは今にはじまったことじゃない。議員時代から目立つことをやるのは選挙運動のためとか、扇動好きなんだとか、果ては、精神病じゃないかって書かれたこともあるわ。でも先生は動じない。評判なんて気にしない」

# 2

家を破壊された残留民は、すぐその日から暮らしに困った。

どの家でも敷地内の竹を切って柱代わりにしたり、同情したものから提供された網代や葭《よし》を屋根にし、地面に麦藁と菰などを重ねて敷いて寝床代わりにしたりした。季節柄、蚊の襲来がものすごい。竹藪から篠竹を切り出して蚊帳代わりにするなど、身近にある物で工夫して、一時しのぎの仮小屋を作った。

竹沢友弥の家は、連日の雨のため小屋がけができず、むろ穴に臥《ふ》せたまま過ごした。間明田仙弥は仮小屋を作る草も竹もなく、あり合わせの舟に仮の屋根を作り仮住まいするうち、湿気が多いため病気になってしまった。そんな病人に、巡査が毎日、立ち退け立ち退けと迫ってくる。

島田熊吉の家では、雨の日は一本の破れ傘の下で夫婦と二歳の子ども、祖母と母、弟妹三人のつごう八人が体を寄せ合って寝る。幼いものたちと年寄りを真ん中に寝かせると、他のものは傘からはみ出し、ずぶぬれだ。

少しでも晴れ間が出ると、残留民は大急ぎで外へとび出して、つかの間でも野菜の種をまき、川でいくばくかの魚をとって食糧を得ようと懸命だった。

雨は降ったりやんだり、一向に天気が定まらないうちに翌八月後半には大雨がつづいた。

どの河川も増水しているところに利根川が逆流して、渡良瀬川の堤防は次から次に決壊、谷中村はもとより沿岸一帯は東西十里南北六里にわたる一大湖になった。谷中村一村だけ潴水池にしても近隣全体が救われるわけではないことが昨年明治三十九年の大洪水のときもわかったが、今回もまた潴水池は無用であることを天が証明してくれたのである。

今回の洪水のとき、田中正造は万朝報の記者とともに古河にいた。彼は体の具合が思わしくなかったが、谷中村の残留民がどうしているかと思うと心配でたまらず、無理をしても村へ帰ろうとした。だがなかなか舟を見つけられない。駆けずり回って、ようやくある船問屋と交渉し、二百石の高瀬船（米、味噌、醬油、建材などを運ぶ船）を調達することができた。正造は濡れた体を温める暇もなく、ただちに水と米を船に積んで、記者とともに谷中村の残留民の救出に向かった。

正造は谷中村に着き、すぐに残留民を探し回った。風が強く波浪が高いため、笠は飛び、蓑《みの》、草鞋《わらじ》を通して全身がずぶ濡れになった。

そんな中でも残留民たちは意外なほど落ち着いていた。恵下野の人々は堤外の同志の家に避難し、北古川の人々は仮小屋の近くに浮かべた船の中で波に揺られている。またある人は木につかまりながら平然としている。水野常三郎などは高齢の上に病気で動けないため、じっと舟の底に横たわり、波のしぶきを全身に浴びたままである。

「こりゃ、いかん。常三郎さん、こっちの船に移りなされ」

これも全身ずぶ濡れの正造が大声で呼びかけたが、

「ありがてえが、このままにしておいてくだせえ、おらはどこへも行きたくねえ」

と、常次郎は目を閉じ、口を動かすだけで起き上がろうともしない。

外野の染宮与三郎と古川の水野彦市の仮小屋はもぬけの殻。さては波にさらわれ行方不明になったかと正造は不安に駆られた。が、間もなく他の家の人から両家とも無事避難していると教えられて一応、安心した。水野彦市一家は堤防が破れていない渡良瀬川沿いの花立地区に避難し、持ってきた戸板をかざして水が引くのを待っていた。

三峰神社の祠《ほこら》のそばに避難した島田熊吉一家は、持ってきた雨戸二枚を斜めに立てて屋根とし、六尺平方の物置の板一枚を床板にして、八人の家族全員が上半身だけをそこに押し込んで一夜を明かした。

こんな有様なのに、正造の用意した船にだれ一人乗ろうとするものがいないのである。なぜだ。なぜ、この手にすがってこない？　正造はどうしてもわからなかった。

数日過ぎても水の引きが悪く、仮小屋に戻れたものはいなかった。

水野ユウの気がかりは、日ごろ頑健だった父彦市の体調が悪くなったことだった。母は数年前から臥せりがちである。長女のユウはそんな父母に何か力のつくものを食べさせたいと思うが、まともな食物を手に入れることはできなかった。

そんなとき、近くの場所に避難している人の話を聞いて、ユウと父との間で親子喧嘩がおきた。ことの始まりはある日、郡役所の吏員と藤岡町役場の事務員が炊き出し飯の代わりに米を持って恵下野の島田栄蔵宅にやってきたことである。

吏員が、これは県の臨時救済米です、と言うのを島田老人は次のように断った。

「はるばる届けてくれたのは感謝するが、変な話だ。お上のほうでわざと瀦水池という水溜まりを作ったために増大した洪水だ。それによって我々を苦しめておきながら救済米を出すとは人を馬鹿にするにもほどがある。我々は餓死をしてもそんなものを食べることはできない。持ち帰ってくれ」

吏員らは苦笑して、「これは地方費の中から出したもので、これを食べたからといって、あなた方の権利に傷がつくものではないから、ぜひ、受け取ってください」と言う。

そこで島田老人は避難している人々と相談したが、みんなも、「片手で殴り殺しながら片手で末期の水をやるようなやり方は真っ平《まぴら》ごめん」という意見だった。

後でそのことを聞いた田中正造は、急場ではなかなか筋道の立った断り方はできないものだが、島田栄蔵さんらはよくぞ正論を述べたと、感服することしきりだったという。

その話を聞いたユウは島田老人や田中正造の考えに納得することができなかった。

「せっかくくれるという米を断るなんて、おらにはただのやせ我慢に思える。こんなときは遠慮なく米をもらえ、って田中さんさえ一言言ってくれたら、村の人はやせ我慢をしなくなるのに」

彦市はくぼんだ目をむいて娘を叱った。

「馬鹿こくな。村の人は田中さんに言われてやせ我慢してるんじゃやねえ。心の底から役人のやり方に腹を立てているんだ。おれもおっ母《かあ》もそんなもん絶対に食いたくねえ」

「ふん、意地っ張り。おらは、親に米を食べさせて元気になってもらいたい。ちびたちにも食べさせたい。どうせ地方費とやら国民の血税から出てる米だべ？　んなら、おらたちがちいとばかしその税金を返してもらって何が悪い」

「おらんとこは税金を払ってねえ」

正直者の父は苦しそうに言った。収入のない多くの村人は課税されていない。その代わりに公民権の行使もできない情けない身分なのだ。

ユウがいつになくしつこく食ってかかるので、彦市は激昂し、

「黙れ。おめえのように、さもしくわずかな米を欲しがるやつがいるから、役人につけこまれ、仲間割れさせられるんだ」

「わずかな米？　そんな意地を張ってる場合かね。近ごろよくジンケンという言葉を聞くけど、それはまず生きること、そのためには食べることが第一番のケンリじゃないの？　意地を張るのは二の次だよ」

口下手な父は、憎らしいほどよく口のまわる娘に太刀打ちできない。

一家がようやく仮小屋に戻れたとき、ユウは野木村の製糸工場のことを考えた。ユウと妹のサチが野木村へ働きにいくのは口減らしのためだけでなく、そこから得るわずかな賃金も、収入のない一家の暮らしに貴重なのである。だからぜひとも工場へ戻る必要があるのだが、事実上一家の大黒柱であるユウが家族を放って野木村の工場に戻れる状態ではなかった。

ユウは十一歳の弟富吉とともに、洪水で壊れた仮小屋の修理をし、家の周りの畑を耕して、わずかでも野菜を作らねばならない。富吉は少々の魚とりぐらいはできるが、他のことは万事姉の采配に従って動くだけである。

このような強制破壊後の残留民の悲惨な様子を知って動き出したのは、東京の救済会であった。それ以前から田中正造の古い知り合いの弁護士やその他の有志らで谷中村救済会は作られていたのである。

救済会は何度も栃木県庁に知事を訪ね、買収の不当性を非難し、県が残留民の家の強制破壊をする前に適当な土地を用意しなかった不手際や、村民の祖先の墓に対して畏敬のかけらもない態度などは人道上許されないなどとして、強く抗議した。数百年来眠っている村人の先祖の墳墓地はすでに濁水に没し、葭や真菰が繁茂して、すぐには墓碑を見分けることもできない有様である。県はそこを一坪単価三銭三厘で買収し、改葬料も出さなかった。村民がそれを非難すると中山知事は、「墳墓は買収した。地中の枯骨は法律上単なる器物に過ぎない。村人がこれを掘り出していずれへ持ち去ろうと勝手で、県庁は関知しない」とうそぶいた。

救済会には法律専門家が多く、彼らはその法律知識を生かして、土地買収価格の不当性に取り組むことにした。土地収用法によると、不当に安価な金額で買収された場合は裁判所に不服申し立てができるとされている。これを根拠に、彼らは何度も東京から村に出向き、堤外の同志鶴見平五郎の家に残留民を集めては訴訟を起こすことを説得した。

残留民たちは、はじめこの提案を拒否した。買収価格に不満があるのは事実だが、自分たちがこれまで戦ってきたのは、先祖代々住んできた谷中村を、何の益もない潴水池を作るために力ずくで取り上げられることへの抵抗であり、県にそれをやめさせ、谷中村を復活するという目的のためである。今さら買収金額のことで裁判に訴えるのは筋違いで、金銭的な訴訟をおこせば、世間から私利私欲でこれまでゴネていたかのようにとられかねない。それはたいへん不本意である。また、訴訟にかかる金についても、救済会が訴訟費用は心配するなと言ってくれても、そこまで頼っていいものかどうか、と律儀に遠慮する。一方で、救済会のせっかくの提案を断るわけにはいかないという意見もある。いろいろ揉めたが、結局、「土地収用補償金額裁決不服」の訴訟をおこす委任状に捺印することに決まった。

次に救済会がしたのは、悲惨な状況で暮らしている残留民を一刻も早く好適地に移住させるよう県に促すことだった。県としても残留民を放置しておくことは外聞が悪いし、乗り出してきた救済会を無視することもできなかった。そこで窮余の一策として、救済会を通して、今まで認めなかった堤外地恵下野を、最長一年に限り、被害民居住地にしても可とする通知を出した。

救済会はただちにこの県の提案を検討したが、残留民を緊急避難的に一年だけそこへ移す案は、短すぎて、すぐに期限がきて立ち退きを迫ることになる。それでは生活が落ち着かないという意見が出た。

では他に残留民が永住できるところがあるかと考えた救済会が自ら探してみると、好適地があった。それは野木村字野渡萬福寺境内で、残留民の望む条件がそろっている。救済会は自信をもってそこを薦めた。しかしこれにも被害民たちの意見は一致しない。曰く、永住できる土地なのはありがたいが、そこに移ってしまえば谷中村に永久に戻れなくなる。それくらいなら、一年間だけと限られていても堤外地の恵下野に移るほうがましだ。そこなら同じ地域内だから谷中村の元の自分の土地をいつも見守ることができる。特に、ごく少数だが県税などを上納しているものは、所有地から離れたくないと言う。

それぞれの立場からみれば、どれも無理からぬ思いであった。都会人の引っ越しと違い、農民にとっての移住は、地中深く張りめぐらされた生活の根そのものを掘り起こして他所に移植するような大問題である。下手に根っこを切断されれば生きていけない。だからおれたちは土を食べてもこの地で生きていく、と言いきるものもいる。

残留民が揉めている間、田中正造はこの件についてほとんど発言しなかった。移住そのものに反対なのか、暗に救済会側から交渉の前面に出るなと言われているのか、周囲のものたちは測りかねた。

ユウはジリジリしていた。彼女の家には病気の両親がいて一刻も早く安全で清潔な場所での養生を必要としている。ユウを先頭に幼いものたちで仮小屋を維持しようとしても、仮小屋はどこまでも仮の住まいに過ぎない。とにかくどこでもいいから、危なっかしく汚い仮小屋から脱出し安住の住まいに移りたいと願う。

だが、律儀で頑固な父に移住の話をすれば、これまでずっと結束してきた残留の仲間への裏切り行為だと激怒するに違いない。それやこれやで悩む日々が続いた後、ユウはふと自分の気持ちを島田俊三に話してみる気になった。強制破壊前夜の結合会以来、二人は路上で会ったときなど、親しく口をきくようになっている。俊三は正造の秘書格だそうだが、彼の考えも正造とまったく同じなのか、本心ではもっと柔軟な考えをもっているのかわからない。もし後者なら、ユウの家の事情をわかってくれるかもしれない。

ユウはある寒い朝、俊三の家を訪ねた。いきなり訪ねてきたユウに俊三は戸惑ったようだったが、ユウはかまわずに彼を外に連れ出した。

「救済会の出した案のことだけど、なかなか意見がまとまらないようだね。おらの家としては、どこでもいいから早く移りたい。こんなときこそ、田中さんに鶴の一声で決めてもらえば話が早い。田中さんが決めたことなら、だれもが文句なく従うと思うから」

薄着のまま外に出た俊三はくしゃみを一つした後、ぶっきらぼうに答えた。

「鶴の一声は、もう、出ねえよ」

「どうして？　これまでは田中さんが決めれば何でもケリがついたじゃない」

「今まではそうかもしれねえが、田中さんの考えは変わってきたみてえだ」

「どう変わったの」

これはおれの憶測だが、と俊三は話しはじめた。

強制破壊後の八月の洪水のとき、正造は二百石の高瀬船を雇い、豪雨に打たれている被害民を救出しようとした。だが、どんなに勧めてもだれ一人それに応じず、泰然と雨と波に身を任せたままその場から逃げようとしなかった。一時的な避難だからとりあえず船に乗れと、いくら正造が勧めても拒んだ。なぜなのか。彼らの誇りや意地からなのか、あるいは諦観によるものなのか。正造は見当がつかなかった。

一つだけはっきりしているのは、残留民たちがもう正造の言いなりではなく、彼ら自身で自分のとる道を考えるようになっているということだった。それ自体は本来喜ばしいことに違いない。

だが、正造が衝撃を受けたのは、これまで何にせよこの自分を頼っていた残留民たちが、いつ、どの局面から彼ら自身の考えを主張するようになったのか、その変容に気づかなかった彼自身のうかつさだった。

おれはこれまで村人を啓蒙しようとか、ものを教えようとばかりしてきたが、じっさいのところ村人のことをよく知らないまま指導者気取りだったのではないか。早い話、おれは今全身ずぶ濡れ、着ているものを乾かすこともできないまま寝ているのだが、この何とも言えない気持ちの悪さをはじめて体感した。だが村人たちは洪水のたびにこれを味わい、それでも耐えてきたのだ。そんな彼らにものを教えようとしていた自分はお笑いだ。教わるのはこっちのほうだったのではないか。

「船の中でこう気がついて以来、田中さんは、自分が村人の先頭に立って指導することはやめようと思ったようだ。さっきから言うように、これはぜんぶおれの憶測だが」

ユウは俊三の話を気難しそうに濃い眉をひそめて聞いていたが、聞き終えると、

「ややこしい話。でも今ごろになって急におらたちを突き放すみたいで、田中さんは無責任な気がするよ。それとも、田中さんもどうしたらいいのかわからなくなったのかな」

「いや、ここまできた以上、田中さんも心の中では、われわれをどこかへ移さねば、と思っていなさるような気がする」

「ほんとに？　なら、もったいぶらないでさっさと指示を出してほしいよ」

「だから今言ったろ？　田中さんはもうおれたちに指示する気はねえんだ。おれたちの今後はお

れたち自身で決めるんだよ」

　ユウには正造という人がわからなくなった。ここまで残留民を導いておきながら、今になって何も指示を出さないという。ひたすら正造を信じ、ついてきたものたちにとってずいぶんな仕打ちだと、腹が立った。ユウの目に反抗的な光が宿った。

「ということは、自分のことは自分で決めていいってことね」

　自分の好きにしていいならいっそ簡単だ。いつまでも意見のまとまらない村人と別れ、病気の両親を抱えている我が家だけでも早く移住してしまおうかな。そんな考えをチラリと見せるユウに危なっかしさを感じたらしい俊三はあわてた様子で、

「ちょっと待てよ、自分で自分の行く道を決めるというのは、バラバラに行動するってことじゃねえよ。結束を乱さず、あくまでみんなで相談するという基本は変わらねえ」

「こんな状態で結束なんかできないよ」

「いや、できる。結束して村を復活させるんだ」

　ユウは思わず笑った。横暴な県と無情な洪水に痛めつけられ、荒れ果てたこの村をどうやって復活するのか。そんな夢みたいなことを考えるのは俊三ぐらいだ。いや、待って。そう言えば、自分の父もときおり復活などと能天気なことを言うのだが。

「復活ね。はい、はい、それができれば結構なことだね」

　ユウは小馬鹿にしたような返事をして俊三と別れた。

　県は、早く移住の返事をしろと救済会を通して催促した。板挟みになった救済会は残留民に、

どの方法を選ぶもあなた方の意思次第であるが、ダラダラと引き延ばされるのは困る。日限を切るからそれまでに回答されたいと迫った。

残留民もそれに応じたいのは山々だが、それぞれが一日の暮らしをたてるだけで手いっぱいで、みんなで寄り集まって、意見の調整をつける暇もなかった。

救済会は辛抱強く待った。が、いつまでも返事がこない。これは残留民に移住の意思なしというとだと判断して、やむを得ず手を引くことにした。

そのため移住地の斡旋は自然解消となり、皮肉なことに最初残留民が乗り気でなかった不当価格訴訟のみが継続されることになった。

ユウは進展のない状況にいよいよ耐えられなくなった。そんなある日、所用があって行った古河町で、古い友だちとバッタリ出会った。ユウと同い年で、名はサクといい、ある時期、谷中村から野木村の製糸工場へいっしょに働きにいったことのある娘である。

サクは工場で働きはじめていくらもしないうちに病気になり、谷中村へ帰った。それ以来、二人の間に音信はなかったのだが、現在の彼女は病気も治り家族とともに古河に住んでいるのだという。

「おら、もうすぐ嫁にいくんだ」

サクは乱ぐい歯をむき出しにしてうれしそうに言った。そしてユウを憐れむように、

「あんたとこも早く、移住しなよ。谷中にいつまでいたって縁談なんかこないよ。お互いもう大年増なんだから」

サクはそう言いながらケタケタ笑った。大年増か。ユウはすっかり不愉快になった。

「おら、嫁にいくなんて考えたこともないよ」と言うと、

「何言ってるだね。女はアッという間に年をとる。もらい手がなければ、身の置きどころもなくて、生涯、家の厄介者になるしかないんだよ」

「やめてよ、そんな話。でもなあ、田中さんが勧めない限り、うちのお父は移住なんか絶対承知しないんだもの」

サクは、うん、うんとうなずきながら、説教するように、

「田中さんなんかまともに相手にしないで放っておけばいいんだよ」

「そうは言っても」

「うちの親たちは、あの人は狂ってるって言ってるよ」

「ということは、狂ってる田中さんを信じてるうちのお父も狂ってるのかなあ」

「そうは言わないけど、男って、いったんだれかに義理を感じたら逆らえないんだよ。その点、女は割り切りが早い。もうずいぶん前のことだけど、うちのおっ母なんか決心のつかないお父任せじゃ埒が明かないって、自分で買収員と交渉した。土地は安く買い叩かれたけど、さっさと売って移住してほんとによかったと言ってる。あんたも、頑固な親父さんを説得するより、おとなしいおっ母さんをその気にさせるほうが、早道だよ」

ユウは嫁にいくサクを羨むわけではないが、言われてみてこのままでは自分の将来はどうなることやらと、急に心細くなった。今、自分はひたすら家族に尽くしているが、やがては嫁かず後

家として邪魔にされながら弟に養われる羽目になったらどうしよう。冗談ではないと思う。

数日後、サクに知恵をつけられたユウは、母に移住の話を持ちかけてみた。

「村の人の意見はいつまでもまとまらないようだよ。おらは、うちだけでも単独で早くどこかへ移住したいと思うが、どうだろう？」

すると意外にも、母は痩せた喉に青筋を立てて反対した。

「年寄りは住み慣れた場所で暮らすのが何よりだ。おまえは病気の親たちを長生きさせようとして移住を考えるんだろうが、そりゃあべこべだよ。他人ばかりの土地に移れば、お父もおらも寿命を縮めて、半年も生きられないよ。ここではご先祖様や、親戚や、仲間みんなでおらたちを守ってくれる」

「親戚？　仲間？　みんな自分たちの暮らしだけで手いっぱい、他人を守るどころじゃないよ。ご先祖様は、もっとあてにならない」

「よくそんな罰当たりなことを。おら、おまえが言うほど、ここがひどいとは思わないよ。この小屋で寝てると、生まれ育った地べたが息してるのをじかに背中で感じる。川の音やら葭の葉ずれの音まで背中から伝わってきて、安心できるんだよ」

「揺りかごに入った赤ん坊みたいにのんきなこと言ってる場合じゃない。ここはもう人間の住むところじゃないよ」

「いや、この村は必ず、元の村に復活するって、お父が言ってる」

母までが復活という言葉を口にする。馬鹿馬鹿しくてユウは思わず尖った声を出す。

「一体どうすれば復活なんかできるというの？」

「そんなことよくはわからない。いつものお父の口癖を真似ただけ」

と、母は気弱そうに顔を伏せた。

ユウは自分の言い方が弱っている母にきつすぎたと気づき、口調を和《やわ》らげた。

「お父だって、ほんとは復活なんか信じてないと思うよ。復活、復活と念仏みたいに唱えていないと、ここでは生きていけないから、から元気を出しているだけだよ」さらにつけ加えて、

「人のいいお父に、叶いもしない希望を与える田中さんは罪作りな人だよ、まったく」

すると母は、いつにない強い語調で、

「いんや、違う。お父は田中さんの言うことなら何でも信じるほどお人好しじゃないし、他力本願の人じゃない。肝心なことは自分で考えるし、根性もある」

「おや、おや、それはお見それしました」

ユウは、夫を自慢げに言う母をわざとらしく茶化したが、一方で、こんなにはっきりものを言う母は見たことがない、と驚いていた。頑固な夫と気の強い娘の間にあって、ひたすら沈黙を守り、強制破壊の際も役人の前に出られなかったほどの気の弱い母がいつの間にか強い女に変わっているように感じる。一体どうしたのだろう。辛苦とか忍耐とかいうものは、人間を無抵抗にしてしまうとは限らず、かえってはね返す力を育てることがあるようだ。母の場合、その効果を見せたのが少し遅すぎたが、遅まきであっても苦境の中から自分の考えを主張できるようになるのはいいことだ。立場が逆転して、ユウは子の成長を喜ぶ母のような心境になり、母の言葉をもっ

とたくさん引き出したいと思った。

「ねえ、おっ母。おっ母が願う村の復活とはどういうもの？　もしかして、ずっと前の押出しみたいなことができればいいと思っているんじゃねべか？」

母は青白い顔に苦笑いを浮かべ、さびしそうに首を振った。

「とんでもない。押出しなんかできないのはおらにもわかってる。沿岸の村々がこんなにバラバラになっちまっちゃ」

悲しいことだが、潴水池ができれば自分たちの地域は洪水被害が減ると考え、危機感が薄れた村もあるのだ。

「そう、そのころの村々はみんな結束してたんだってね」

と言いながらユウは、野木村の工場に行ったばかりのころ、同郷の先輩が宿舎でこっそり読み聞かせてくれた、新聞の押出しの記事を思い出した。

明治三十年から三十五年にかけて数回、鉱毒を受けた渡良瀬川沿岸の住民たちは大挙して請願運動（いわゆる押出し）をやった。五度目、六度目の押出しの中には女たちが多く参加したため、女押出しともいわれた。驚くべきことに高齢の女性もたくさん交じっていたので、老《ろう》媼連《おうれん》とか言う人もいた。

女たちはあちらの村から五人、こちらの村から七人、あるいは十五人というふうに集まって歩きはじめた。着古した手織りの野良着を着、手拭いで蓬髪を蔽《おお》ったり首に巻いたりして、古河まで二里ほど歩き、後は汽車で上野まで三時間近くかかる道のりを、焼いた粟餅を弁当代わりにもって汗と埃《ほこり》にまみれながら、やっと貴族院と衆議院までたどりついた。

　その中の五人が代表として衆議院議長に面接を許され、涙ながらに窮状を訴えた。

「毒水がこないようになにとぞ政府で止めてくださいまし。私は十人も子どもがありやんすが毒水のため田は作れないし、子どもはひもじくて泣くし、堤内地で暮らしの助けにとっていたタニシは一つもとれなくなるし、実にどうにもならねえ有様でがんす」

「私どもは、はあ、このことがお聞き届けにならねえうちは、死んでも国には帰らねえつもりでがんす」

　これには衆議院議長も涙を浮かべ、

「ようわかっとるが、私だけではどうにもならない。他の人たちと相談して善処しよう」と言って菓子と二円をくれたという。彼女たちは、おらたちが請願に来た事実を紙に書いて判を押してくれろ、と交渉して、しっかり書きつけをもらって帰ったということだ。

「おらが先輩からその記事を読み聞かされたときは、血がたぎり、泣きたくなるほど興奮したよ。でもあれから七、八年になる。もうそんなことは絶対できない。わかるべ？」

「わかってるとも。力を合わせてやれるようなことはもう何もないことはわかってる。でもせめて前みたいに十九夜様の集まりでもできればなあ」

「十九夜様？　何で今ごろそんなことを言い出すの」

娘の問いには答えず、母はうっすらと光をともしたような目つきをして、

「あのころはほんとに楽しかった。昼間の仕事を終えた村の女たちが夜集まってお経を唱える。お経が終われば、菅笠を編みながらぺちゃくちゃしゃべるんだよ。まじめな話もあったが、嫁姑の争いや子育ての悩みを吐き出す人もいて、みんなで励ましたり、知恵を出したりした。飲んだくれの亭主の悪口を洗いざらい言う人もいて、みんな腹を抱えて笑った。そうするうちに、すっかり元気が出て、明日もまたがんばろうという気になった。しかもそのとき編んだ菅笠が売れて、ちょっぴりへソクリまでできた」


十九夜様は安産を助ける神様として、多くの地方で女たちの信仰の対象になっている。毎月十九日の夜に地区の女たちが十九夜様の塔や御堂の周りに集まり、灯籠にろうそく、線香などをあげ、念仏を唱えてお産が軽くすむように祈るのが慣わしだった。敬虔な祈りの後に、男抜きで自由勝手にしゃべることのできる解放感と楽しさは格別のものだったらしい。


谷中村ではたび重なる水害のため生活がおびやかされ、十九夜様どころではなくなったが、母の心には、そのときの楽しい思い出が刻まれて消え去らず、それが気力を支えるもとになっているのかもしれない。だが再開はとても無理だ。ユウは母の気を引き立てるように、

「だども、十九夜様なんて、他の村へ移ってもあるよ」

「だめ、だめ。谷中村の十九夜様でなくちゃ御利益がないんだよ」

と母は断固として言い、

「近ごろ村に帰ってくる人が増えたそうじゃないか。それがほんとうならここでの十九夜様も復

活できるかもしれない」

「おらも県の買収で立ち退いたはずの人が帰村している話は聞いているが、帰ったといってもほんの少しだよ。それもまたいつ出ていってしまうかわからないし」

とユウは母を諦めさせるようなことを言いながら、ふと気づいた。

十九夜様の集まりを再開することで谷中村の仲間との絆を再び結ぶことができるのなら、それが母にとっての村の復活になるのではないか。何も大げさに考えなくても、こういうささやかな願いを一つ一つ実現していけば、村の復活も夢ではないのかもしれない。そう思うと、ユウは急に力がわいてきた。

「おっ母、わかったよ。何とかして十九夜様を復活させよう。それが谷中村の復活だね」

## 3

救援会が移住地の斡旋をやめた後、残留民たちは再び孤立した。しかし残留民はくじけず、何としてもここで生き抜くために食と住の確保をしようとした。

まず正造の支援者の義捐金《ぎえんきん》で畦畔を修理した。そして畑を耕し、わずかながら作物を育てて収穫し、川で魚をとって命をつないだ。住む家は、仮小屋を補強するしかないので、古河町の篤志家の協力により、流失を免れた破屋材を組み直して雨避けを作り木の腐朽を防いだ。他にも考えられるだけの工夫をしながら、当面は細々と最低限ながら半農半漁の暮らしが維持できそうな見通しがついた。

激動の年が過ぎ、明治四十一年になった。村に戻る人が少しずつ増えた。その理由は、谷中村が恋しいからとか、移住した先の暮らしよりここのほうがまだましだなどということだったらしい。田中正造はじめ残留民たちは喜んで彼らを迎え入れた。

水野彦市の体調は一応落ち着いていたが、安心してユウが野木村の工場に戻れるまでにはなっていない。雇い主もそういつまでも休ませてくれるとは考えられなかった。

悩み疲れたユウは、とうとう工場を辞めることにした。多少の収入より家族の世話のほうが大事だと気がついたのである。

そう覚悟を決めてしまうと、嫁にいくサクに憐れまれたときのような悲観的な気分は次第におさまり、自分たち家族だけが単独で村から抜け出そうとも思わなくなった。いつまで耐えられるかわからないが、とりあえず残留民の総意がまとまるまでは、この土地に腰を据えようとユウは決めた。

野道の木にも草にも真っ白な霜が降りて、いつものうんざりするような茶褐色ばかりの光景が嘘のように美しくすがすがしく見える朝、ユウが深呼吸し、ああ、おらはこの村で生きているんだと、久しぶりに小さな安らぎを感じたとき、家の近くを通る島田俊三の姿を認めた。

ユウは大声で彼を呼び止め、

「おらなあ、野木の工場を辞めて、うちにいることに決めたよ」

ユウはとびっきりよい報告をしたと思ったのに、俊三は、へえ、と、間のびした声を出し、ユウをジロジロ見ただけで、後は何も言わず、ヒュウと口笛を吹いて足早に行ってしまった。

取り残されたユウは、彼が喜んでくれないのが不満だった。おらが村に残ると言ったのにうれしくないのかしら。若いもの同士でこれから村の復活に向けて語り合おうと思っていたのに、あの冷淡さは何だろう。肩すかしにあったような気がして、口惜《くや》しかった。

それから二、三日後、ユウの家をひょっこり訪ねてきたのは俊三の母のキクだった。残留民たちは日々の暮らしに追われ、近所であってもよほどの急用でもない限り、互いの家を訪ね合う余裕などなかったから、ユウは、何事がおきたのかと思った。

キクは、頭に被った手拭いをとり、人のよい、俊三によく似た丸い愛嬌のある顔いっぱいに笑みを浮かべて、

「俊三に聞いたんだけど、ユウちゃんは、野木の工場を辞めるんだって？」

「ええ。両親とも体の具合が悪いんで、おらが外に出ないで面倒みようと思って」

「それはいい。彦市さんたちはさぞ安心するだろうね」

「さあ、どうだか……」

「あんたが家に残るという話につけこむようで悪いが、おら、手伝ってもらいたいことがあるんだよ。もちろん時間があるとき、ほんのちょっとの間だけ」

「おらが手伝う？　何を？」

「その前に、あんた『谷中村を潰さぬ決心の仲間』に入ってくれないかね」

四年前、谷中村に入村した田中正造が発足させた会のことである。

「ああ、あの長ったらしい名前の会？　前に入るのを断ったけど、これからは家にいるんだから喜んで仲間に入れてもらいます」

　ユウの答えを聞いて、キクはパッと顔を輝かせた。

「うれしいねえ。会員は今のところ二人しかいないが、そこへユウちゃんが入ってくれたら百人力。ほんとに心強い」

「え？　会員はたった二人？」

「そう。おらと嫁の二人だけ。他に名前だけの会員は何人かいるけどね」

なあんだ。ユウは拍子ぬけした。たった二人の会だなんて。そこへ自分が入っても三人。わずか三人で何ができるのだろう。

「おらに手伝ってほしいこととは、何ですか」

　すると、キクはとんでもないことを言い出したのである。

「『谷中村を潰さぬ決心の仲間』のおらたちは今、請願書を書いてるの。それをあんたに、手伝ってほしいんだよ」

「せ、セイガンショって？」

「おらたちが困っていることや、悩んでいることをお上に訴え、善処してほしいと願い出ること。それが請願」

　キクは少しもったいぶった調子で鼻をヒクヒクさせながら説明しはじめた。

「以前やったような大がかりな押出し請願はもうできない。でも、それに代わるものとして紙の請願を出すことにしたの。請願の中身は村の復活」

「へえ？　そんなすごいこと、おばさんはお嫁さんと二人で始めたの？」

「まあね」キクはまたも低い鼻をうごめかし、

「田中さんの話によると、これまでも谷中村ではたくさん請願書を出したが、おなご衆から出したものは一つもないんだと。だから今こそ、村の女が請願書を書けば、役人たちの目を引くだろうって」

「ああ、やっぱり、あの田中さんの指図なんだ」

ユウは思わず顔をしかめた。残留民たちに絶対的に信頼されている田中正造だけど、最近は、ここぞというときに自分の考えを出さず、残留民の判断に任せる。かと思えば、相変わらず余計な口を出しすぎるなど、一貫性がないように見え、ユウは田中正造をあまり快く思えないのだ。

キクはユウの反感を感じたようで、弁解気味に、

「指図されたというと聞こえが悪いが、ある女の人が、村の復活のために何か役に立つことができないかと田中さんに訊ねたの。田中さんは、それなら請願書を書くのがよかろうと言ってくれたわけ」

何もかも田中さんの指示じゃないの。ユウはいっそう面白くない気分になったが、

「それはいいとして、村の復活のため役に立ちたいなんて、そんな奇特なことを言う女の人がこの村にほんとうにいるの？」

キクはすぐには答えなかったが、しばらくしてから、軽く握ったこぶしで自分の胸をたたいて

見せた。

「おらだよ」

「え？　おばさんが？　まさか」

キクは、恥ずかしそうに笑いながら、

「ユウちゃんは、おらが嘘ついてると思ってるべ？」

「いんや、そんなことはないけど……」

「あはは。ユウちゃんが、おらやうちの嫁に請願書なんか書けるはずがないと思うのも無理ないがね。でも、字を知らなくてもやれるんだよ」

「というと？」

「おらたちは字が書けない。文章を作るなんてなおさらだめ。でも、うちの俊三の質問に答えたり、感想を言うだけでいいの。それを俊三が文章にまとめると、ちゃんとした請願書になる。最後には田中さんがそれを点検してくださるという手筈《てはず》」

「ふうん」

何だかわかったような、わからないような話だ。ユウは眉根を寄せて、

「でも、それじゃ、じっさいは俊三さんの請願書じゃない」

「そうじゃないよ。文字や文章は俊三が書くけど、中身は女の心が詰まってる。正真正銘、おらたち女の願い。男には書けない請願書」

「女の心ねえ。女が得意な恨みとか、皮肉とか？」

「そうそう、そういうのをいっぱい並べるわけだよ」

「へえ、お上に恨みや皮肉をぶちまけるのか。うーん、それも悪くないかも」

ユウの気持ちが少し動く。

「で、おらもそのおしゃべりの仲間に入る、ということですか？」

「そういうこと」

「でも、しゃべるだけなら、おばさんとお嫁さんの二人だけで十分でしょう」

「身内だけだと張り合いがなくてね。それに忙しいから、途中までやりかけては他の用事を思い出して、話が止まってしまう。また始めようとしたら、あれ、さっきは何の話をしてたっけ？という具合。でもユウちゃんが入って三人になったら、もうちょっとちゃんとやれると思う」

「おらはくだらないおしゃべりなら得意だが、ちゃんとしゃべるのはだめだよ。学がないもん」

「おらや嫁に学があると思うかい？　それでもやってる。ユウちゃんがやれないわけないよ。俊三もあてにしてるし」

先日、野木村の工場を辞めて家にいることにしたと俊三に言ったとき、彼がろくに返事もしないでヒュウと口笛を吹き急いで立ち去ったことをユウは思い出した。あの瞬間、彼はユウに請願書を手伝わせることを思いついたのに違いない。あいつめ、何てずる賢いやつ、と思ったがあまり腹は立たなかった。

それにしても解せない疑問が一つ残っている。ユウは訊ねた。

「おばさんは『谷中村を潰さぬ決心の仲間』の世話役だから、村の役に立つことをやろうと思ったの？　それともほかに理由があるの？」

「正直に言うと、おらにとっては、罪滅ぼしなんだよ」

「罪滅ぼし？」

「おらは弱い人間で、田中さんと村の仲間を裏切ったことがある。このこと、彦市さんから聞いてない？」

「いいえ、何も」

それは嘘ではない。父の彦市は頑固だが、人の悪口など言ったことはない。

「それじゃ、この際ユウちゃんに白状するが、おらは一度買収員に騙されて、土地を売る書類にハンコを押してしまったことがあるんだよ」

「えっ、まさか……」

「その人は、もとうちの隣に住んでいた鉱害委員で、ずっと買収反対派だった人。ところがその男、いつの間にか買収員に雇われ、うちに来てこう言うんだよ。おれはあんたの死んだお祖父さんやお父さんによくしてもらったから、お礼にいいことを教えてあげる。今、土地を売らないと、後から村債返還の割り当てやその他で莫大な金をとられる。そうならないようにおれが万事うまく取り計らってやるから早くハンコを押せ、って。この男は、もとはとってもいい人だったから、おらも熊吉も信じてしまった。だけどハンコを押してしまったことで、村の人たちからは裏切り者だと白い眼で見られ、外に出るのも厭《いや》になった。地獄だった。ところがそのことを聞いた田中さんが駆けずり回って金を工面してくださった。契約を取り消す手続きは、そりゃあ面倒で時間がかかったけど、田中さんは全部やってくださった。そのお蔭で、今こうして笑って村の人たちとつき合っていられるんだよ。あのとき、村を出て行ってしまってたら、おらたち家族は、一生、村の人にもご先祖様にも顔向けできなかったと思う。おらは何とかこの失敗を償う方法がないかと思って、田中さんに相談したんだよ」

しゃべっているキクの目の縁がだんだんと爛《ただ》れたように赤くなってきた。よほど辛い思いをしたのだろう。キクは手拭いの端でクシュンと鼻をかんでから、

「おらの罪滅ぼしの気持ち、ユウちゃん、わかってくれるかね」

「ええ、気持ちはよくわかりますとも」

ユウは、お義理でなく合槌を打った。

「何もかもしゃべったらさっぱりした。で、ユウちゃん、いっしょにやってくれるね」

「ええ。まあ。ここまで聞いて断るわけにはいかないでしょ」

「よかった。承知してくれたら見せようと思って持ってきたんだが……」

と、言いながらキクは懐に手を突っ込んで、数枚重なった半紙の束をそっと取り出した。紙の皺になったところを両手でていねいに伸ばしながら、

「ほら、これがおらたちの書きかけの請願書。何回も書き直した下書きだよ」

「へえ?」

ユウは興味を惹かれ、こわごわ半紙の一枚目をのぞきこむと、そこには、仮名と漢字が交じり合った文章がびっしり書かれている。長文だ。それだけで目と頭が悲痛な声を上げた。

「厭だ、こんなの、読む前に頭が痛くなる」

「そう言わないで。ゆっくり読めば、むずかしくないよ。さあ、読んで」

ふだんは柔和なキクなのに、このときばかりはひどく強引だった。

仕方なくユウは、わからない字は飛ばしながら、一字一字たどたどしく拾い読みを始めた。すると意外なことに、少しずつ文章に引きこまれ、先へ先へと読みたくなった。

お上に出す手紙は、恐れながら申し上げます……とか何とか、堅苦しく畏《かしこ》まって書き出すものばかりと思ったのに、この請願書は何とも遠慮のない書き出しで始まっている。

旧谷中村復活請願書

栃木県下都賀郡旧谷中村の網代の仮小屋にようやくその日の命を繋いでいる私どもから至急お願いがございます。

○乱暴な土地の買い上げ

栃木県のお役人方は多くの人のためだからとて私どもの住み慣れたこの村を潴水池にしなければならんと勝手にきめてしまったのです。そしてついに昨年の六月、お上のものにされてしまいました。私どもが思いますのに、潴水池などとお役人がいうことは誰のためにもならず、ただ足尾銅山のためばかりになって一般のためには無駄なことです。かえって邪魔になる不都合なものと信じます。多くの人のためなどには決してなりません。それだからなにとぞこんなことは早くやめにして、また昔のように私どもがこの村で安心して暮らせるように、ぜひともしていただきたいものであります。

明治三十五年夏のこと、洪水のため村を囲んでいる堤の一部分が切れた、これがそもそもの初めなのです。その後なぜでしょうか。官の人夫がひそかに堤防の石垣を崩したり、波よけの柳を切ったり、その上堤防の外側を削り落とし、波に打たせて堤防をますます弱くしたのです。お役人は故意に私どもを水攻めにするのであります。その後幾年も幾年も県庁ではいい加減な言い訳なぞばかりならべて堤防の修繕をしてくれず、してくれぬだけならまだいいとしても、私どもが自費と隣村の同情とによって苦心惨憺でこしらえた堤防をば河川法に違《たが》うといって、朝まだき私どもがまだ寝ているうちに多勢の官人夫が来まして打ち壊して行ってしまったこともあります。これはただほんの一つの例に申したまでで、この他、表に回り裏に隠れて迫り欺き、おどしたりすかしたり何でも土地を売らせよう売らせようとかかっているのです。巡査さんまで大威張りで真昼中一生懸命でこんなことをやって歩いていたのです。故意に水を村に入れるように取り計ったり、作物をとらせないようにしたりして私どもの生活を苦しめたこと、それはそれはもうお話にならぬほど乱暴な処置がたくさんあります。そしてあげくのはてが土地収用法という法律をまげて持って来てとうとう土地を取り上げてしまわれました。私どもはまったく役人というものを信用することができません。

何て痛快な文章だろう。私どもはまったく役人というものを信用することができません、などという遠慮のない言い方にユウは胸がスッとした。だが、文章はとても面白いけど、文字を読み慣れていないユウは頭が痛くなったし、目が疲れてチカチカしてきた。

「もうだめ。長すぎてこれ以上は読めない」

ユウが、正直に言うと、

「あ、そう、じゃ、もうやめにしよう」

キクはあっさり言って、草稿をユウから取り返して懐に入れた。

「つづきを読んでくれる気があるなら、あしたまた来るよ。いいかい？」

「ええ、どうぞ」

つい、ユウはそう答えた。草稿のつづきを読みたかったのである。

翌日、朝早くからキクはやってきた。請願書の下書きのつづきはこうである。

○瀦水池の無用有害

瀦水池はなぜ役に立たぬわるいものであるかと申しますならば、ただ一言でお答えできると思います。「昨年の利根川洪水は明らかに瀦水池の無用有害を証明しております」と。

あのとき水は谷中村の堤防を越したばかりでなく何里四方という大湖水を作ったのです。あれは実に天が「谷中村なぞを瀦水池にしても何にもならぬ」ということを教え示されたものであると思います。かえって害になるというのは、もしも洪水のとき谷中村に水を溜めれば、すぐ隣の赤麻沼と続いて、さしわたし三里の沼になる。そうすると、沼では三尺の波が村のはずれに来まして六尺の波になるのです。この力でまた堤防を壊して隣村から隣村へとズンズン押しひろがって行く、波もドンドン高くなる、ついには東京までも攻めて行く始末となるのです。この禍というものは非常なことになります。されば谷中村を瀦水池にすることは決して利根川の洪水を救う道にはならないのです。あるいはお役人はこれを口実にしてまた他の村を潰して水を溜めようとするのでしょうが、いくら水を溜めても水は治まらないのであります。

○大仕掛けの悪だくみ

なぜお役人はこんな意地悪い手段で土地を買わなければならぬのでしょうか。お役人のほうでみればこうなのだろうと思います。

足尾銅山の金掘りさえやめさせればよいのだが、それは大損害だし国の暮らしも危くなる。お互いや金持ちにとってみるとやめさせるわけには行かぬ。そうかといっていくら工夫してみても骨を折っても鉱毒は元来取りきれるものではない。これでは仕方がないから関東の真ん中に大きな池でも作ってそこに毒をよどませるほか、致し方がない。しかしこんなことで広大な田畑を潰してはやかましいから何とか工夫はあるまいか。山の木でもドッサリ切って大水を出して下のほうでは川幅を狭めさえすれば水はあふれるに違いない。そうしたら愚民どもはさすがにたまらず自ら洪水救済のため水溜めの必用なんかを言い出すかもしれぬ。それを機会に毒を溜める池を作るがよかろう。そうしてやれば大瀦水池なぞは造作なくできてしまう。マアこんなことをお役人は黒幕の中で相談しているのであろう。私どもから見るとそれがよくわかるのです。年々洪水で人が困るのも、そしてそれが谷中村潴水池だけではまだ用に立たぬというように見えるのも、お役人や金持ちから見れば非常に嬉しいことで大願成就の第一歩かも知れません。さらに大なる潴水池を設計するに好都合な言い訳になるのでありましょう。潴水池必用ということは人民のためや洪水を防ぐためではなくて、ただ一人足尾銅山の金持ちとその銅山とを護らんがために相違ないと私どもは思うのであります。表向きの言い訳は立派でありますが裏に回ってみれば実に実にけがらわしいものです。お役人のなさることは多くの人民を疎《うと》んじて一人の金持ちを愛する仕方であります。潴水池の問題は決して一小問題ではありません。私どもはただ自分たちの利益のみを思ってお訴えするのではありません。もし潴水池を作ることが多くの人々のためになりますことならば、私どもは決して反対など致しませせぬのみかむしろ自分が損しても人々のためになりたいと心がけているものです。

ここで請願書はプツンと切れている。

「何でこんな中途半端なところで終わってるだね」

ユウが不満そうに言う。キクは、我が意を得たりとばかりニヤリとして、

「おらと嫁だけじゃここまでが精一杯。ユウちゃんが仲間に入ってくれたら、つづきはドンドン捗《はかど》るよ。さて、それでは一度、うちで細かい打ち合わせをしようよ。嫁も俊三もさぞ喜ぶよ」

まだためらっているユウを無視して、キクは自分だけですっかり話を決めてしまい、

「じゃ、近いうちに」と言って帰った。

「面白そうだからやってみっか」

キクの背中を見送りながら、ユウは独り言をつぶやいた。決心すると気の早いユウは、次の日にもうキクの家を訪ねた。この家では入口の戸はなく、ムシロで外と遮断しているだけである。声をかけると、ムシロをかき上げて内側からキクが出てきた。


「あ、ユウちゃん、約束通り来てくれたんだね。うれしいよ」

キクの後ろから、俊三の弟妹たちの鼻を垂らした小さな顔が重なって現れる。その後ろには、おとなしげな熊吉の妻トキが立っており、ユウに頭を下げた。家族が勢ぞろいして礼儀正しく客を迎えたわけではなく、ムシロをめくれば家の中がすべて丸見えで隠れようがないのである。俊三はいない。ユウがこんなに素早く応じてくるとは思っていないのだろう。

庭に出たキクは、ちょうど座りやすい長椅子のように横たわっている倒木の側へユウを連れていった。トキもついてきた。

どこからか梅の香がした。こんなに荒れ果てた庭にも春はちゃんとめぐって、梅の花が咲いているのだと思うと、ユウはうれしかった。

「家の中はあの通りだから、むずかしい話は外でなくちゃできやしない。落ち着いた話は家の中で、というのがふつうだが、ここではあべこべだね。アハハ」

キクが笑うと、嫁のトキも微笑みながら、

「この倒木、おらたちだけの特別な椅子なんです。請願書を作るのもここ」

と言って、嫁姑が声をそろえて笑う。

それ以後、ユウは無理をして時間を作り、たびたびキクの家に通うようになった。筆記役の俊三も約束した日は必ず家にいるようになった。女三人は俊三の巧みな質問に誘導されて、県や国への恨みつらみ、要求したいことなどを次々と並べたてる。

ユウは興がのるとすぐ脱線するし、素っ頓狂な質問をして、俊三を手こずらせた。十代半ばから野木村に働きに行ったユウは谷中村の鉱毒の歴史や、県や国の対応などをきちんと知る機会がなかったからだ。ユウのあまりの無知な問いにも俊三とキクは馬鹿にすることなく、まじめに答えてくれた。

そんなことをしているうちに、ユウはだんだんとこの作業にのめりこんでいった。

キクたちとの会話も楽しかった。家族の世話だけに明け暮れていたユウがこんなによくしゃべったことは、ここ数カ月なかったのである。工場で働いていたころは、仕事はきついが夜になれば宿舎で若い仲間たちと語り合う楽しみがあったのに、今は孤独でモヤモヤが鬱積していた。

この請願書作りをすることで気分が晴れ、ユウは久々に活力を取り戻した。

〇洪水を救うの道は他にあり
それはただ天然を損なわぬようにするのが第一だと思うのであります。これまでに既に損なっていることはまず至急改めるほか致し方ありません。それにしてもお役人方の金持ちの肩ばかり持つというご了見ちがいをあなた方の義のお力によって改めさせていただきたいと存じます。そして潴水池などいう無駄なことはまったく思いとどまって、後は山の木を伐らないようにするとか川幅の狭められた関宿の口を拡げるとかして天然自然にかえれば、水はただ低きについて流れ、洪水のおそれもなく、多くの人も安心し谷中村も復活して、私どものお願いもかなえていただいたことになるのです。

〇法律の濫用

事情大体右述べました通りでありますのに、お役人はここに土地収用法を持ってきて、しいて取り上げてしまったのです。言語道断の沙汰ではありませんか。あなた方のおつくりになった土地収用法はこんな場合に用いてもさしつかえないものでしょうか。法律の名でこんな罪悪乱暴が平気で行われていきますならば、法律の上にまた法律がなければ正義の世にはなれないわけです。私どもは法律にそむく者ではございません。ただ法律の濫用を憤るものであります。もし法律の精神にそむき法律を侮り弄《もてあそ》び辱めるものがあるとしたなら、それは弱い私どもではなくて強いお役人の方々であると私どもは固く信じます。

〇乱暴な強制家屋破壊

家を壊すに致しましても同村内にまだ買わない土地のあるものを始末もせず、どこからどこまで潴水池といううきまった定めもなくまた居るべきところも与えずして、人を引きずり出して打ち壊してしまったのです。役人のなされ方は怨みある敵国でもいじめるような具合であります。私共はその壊された跡へ仮小屋を営みまして辛うじて今日を送っております。

○お願い

大要右のごとき次第、別紙事情の詳論をも添えてお訴え致します。なにとぞ小問題としてお聞き捨てくださらぬようにくれぐれもお願い致します。

もし万一私どもの考えが間違っておりましてかえって多くの人の害になるようなことでもありますならなにとぞお教えくださるようにお願い致します。またもし私どもにご同情くだされてお役人方のご処置が多くの人の不為だとお考えくださるならば、それぞれ救済の道をお開きください。

私どもの代表として立憲の政《まつりごと》に参与され、日夜民草の安否を思われるいともありがたき皆様よ。私どもの深く信頼し奉る皆々様よ。この世にて私どもを救う力はもはやあなた方のみとまで切迫して参りました。仰ぎ願わくば愚かなる私どもをして、法律と、立憲と、国家と、陛下とに永久の尊敬と信頼とをまっとうせしめんがためには、私どもをこの窮死の淵より救い出し給え。

謹んでお願い申し上げます。

請願書はここで終わるのではない。三人はさらに事実と詳論を述べた。

事実　○堤防に関すること、○虐待誘惑のこと、○乱暴な強制家屋破壊当時のこと

詳論　旧谷中村地勢　政府潴水池設計のあやまりについて

明治四十一年三月二日

谷中村女子三人

貴族院　衆議院両院議長宛

## 4

ようやく請願書ができあがり、後は田中正造に目を通してもらうばかりになった。

ユウはしみじみと俊三に言った。

「おら、これほど勉強したのは生まれてはじめてだよ」

「ほんとによくがんばったなあ」

「俊三さんやキクさん、トキさんのお蔭だよ」

「きっと田中さんも喜ぶよ。田中さんは明治三十七年に入村して以降、谷中村救済のための請願書、陳情書、質問書、調査報告書の類を自身で三十通以上書き、ほかにも村人に勧めて書かせてきた。ある人は、まったく誠意のない官庁に対してそんなものをいくら書いても無駄だと言ったそうだが、田中さんは信念で書いているんだ。村人を教育するつもりもある。たとえば、ユウちやんみたいに若い人が請願書を書くことで、村の歴史を学び、政府の誤りを糺《ただ》す力をつけさせるためだ。村人は困難な時間を過ごしているうちに、疲れ果て、自分たちの戦いの真の目的を忘れることがある。田中さんはそれを防ごうとして、村人にせっせと請願書を書かせるんだよ」

「へえ、そうなの」

やはり田中正造は深謀遠慮の人だと、ユウは認めないわけにはいかない。正造の思惑にはまったのは少し口惜しい気もするが、ユウは自分が村のために何かをやりとげたような達成感に全身が満たされた。谷中村復活への努力とはこういうものの積み重ねかもしれないと思う。

それからしばらくして、ユウの父水野彦市の容態が再び悪くなった。一時快方に向かい、家族も安堵していたのだが、また、病いがぶりかえした。つい最近、残留の同志竹沢友弥が「仮小屋の中で死ぬのは本望だ」と言い残して亡くなったことも、弱っている彦市の体調に影響を与えたのかもしれなかった。

ユウは、自分の父にはもっと長生きしてほしいと願い、弟妹とともども精一杯看護をつづけたが、病人に栄養のあるものを食べさせることができないし、医師を呼ぶことも、薬を買って飲ませることすらできないのが辛く口惜しかった。

こんなときは田中さんにおすがりできないだろうか、と母が言うので、ユウは請願書の件以来特に親密になった島田家のキクに相談すると、キクは気の毒そうに、飛び回っている正造の所在をつかむことさえ容易ではないと答えた。

そのころ正造は、持説である千葉県関宿の石堤を取り払うことを訴える運動に集中的に取り組んでいる最中だった。渡良瀬川沿岸にたびたび洪水が引き起こされる原因の一つが、首都東京に洪水被害を与えないよう関宿の水門を狭めたため、利根川の水が逆流して流れこむからだと彼は考え、その裏づけになる調査に没頭していた。

彼は季節を問わず、利根川、渡良瀬川の川べりの村々を回り、平時と出水のときの流量、水位、水勢などを足を使って調べている。このことは、川の影響を受けている近隣四県のためにもなると呼びかけ、結束して調査にあたり、政府に請願しようと準備していた。

もう一つ正造が悩んでいることがあった。それは県知事名で新たに発せられた、「思川、巴波川、須戸川、赤麻沼、貯水池（元谷中堤内）など、河川法で定められた地域内に工作物を作ったり、敷地を占用するものは処罰する」という通達の件である。

この通達のねらいは、土地収用法をもってでも完全に追い払えない谷中残留民を、河川法を準用することで一掃しようというところにあることが明らかであって、沿岸住民としては見過ごすことのできない緊急の重大問題である。

正造の動きはさらに激しくなった。彼自身が友人に送った手紙の中で、〈多忙疲労、もう脳裏メチャメチャ、論はできません〉と言っている。

彼自身も残留民と同様、胃腸や眼を患っていたが、休息するわけにはいかなかった。

「おらたちだけの先生じゃないからね」

と、なぐさめるキクの言葉にユウはうなずくしかない。

しばらくして正造がつかの間、帰村した。そのことを息子の俊三から聞いたキクは正造のもとにとんでいって、水野彦市が重病だと伝えた。聞くなり、正造は彦市の見舞いに駆けつけた。その後すぐに東京へ引き返し、これまでも被害民の診療にあたってくれたことのある京橋の和田医師を訪ねて谷中村への往診を頼んだ。

　和田医師は快く翌日往診することを承諾してくれたので、正造は一足早く古河町に戻り、「田中屋旅館」に泊まって翌日の和田医師の到着を待った。だが和田医師が到着する前に、水野彦市が亡くなったという知らせが正造に伝えられた。

　次の日、何も知らない和田医師は約束通り古河町までやってきた。そこで患者が亡くなったことを聞き、彼は一杯の茶を飲んだだけで空しく次の上りの汽車で東京に帰った。

　亡くなる直前に彦市は、「谷中事件の解決を見ずに死ぬのはじつに残念だ」と言い残した。彦市を失った正造の無念は日記に二度も「水野彦市氏死す」と記していることでもわかる。キクはユウを慰めて言った。

「彦市さんが亡くなったのはほんとうに悲しいことだけど、あの忙しい田中さんが彦市さんを助けようと、たいへんに骨を折ってくださったことは決して忘れちゃいけない。聞くところによると、田中さんが上京しているとき奥様も東京の病院に入院していたのに、忙しくて見舞いに行く暇がないとか言って、とうとう顔を出さなかったそうだよ。身内のことはいつも後回しにして、村人には何をおいても第一に尽くしてくださるお方なんだよ」

　キクの話を聞いたユウは正造に感謝したけれども、手放しで喜ぶ気にはなれず、

「父だけが田中さんに贔屓されたみたいで、何だか奥様に申し訳ない気がするよ」

「馬鹿だねえ。彦市さんと田中さんの奥様は関係ないよ」

と、キクは笑った。

明治四十三年八月にまたもや大洪水が襲った。かつてないと言われた三十九年のそれよりさらに三尺も高い大洪水で、谷中村付近数里四方はほとんど泥海と化した。

谷中村残留民の仮小屋も壊され、一時的にそれぞれ親戚知己を頼って避難せざるを得なかった。ようやく水が引き、避難先から谷中村に戻って、再び古材をかき集めて仮小屋を作った残留民の生活は前にも増して悲惨を極めた。

そんな中でユウはまたしても移住を考えはじめた。女三人で請願書を書いたときは気持ちが高揚し、村の復活を強く期待したけれども、今回の大洪水でそんな願いは吹き飛ばされ、このままでは父に次いで母まで死なせてしまいそうな恐怖を感じる。医師の治療も受けられず、薬も与えられないまま死んだ父と同じ目に母をあわせたくない。それにはなりふりかまわず移住してしまうしかないと思った。

そのころ、ユウはたまたま栃木県が大洪水罹災者の救援の一つとして、北海道移民を斡旋していることを知った。対象は、谷中村を立ち退いた一部の農民や下都賀郡南部の八カ村の農民、それに一般人も含められていた。

この移住斡旋の話の中でユウの心をとらえたのは、谷中村の出身者がまとまって移住し、新しい土地で再び谷中村を作り上げるという理念だった。

その理念にユウは共感した。復活は何も、もとの土地に限らない。どこへ行こうと村人が団結して心を一つにさえしていれば谷中村の復活はできるのではないか。要は心の団結を取るか、土地にこだわるかの問題である。女、子どもだけのユウの一家が北海道の荒野を開拓するなど到底できることではないが、そこまで行かなくても近辺の地域のどこかで谷中村建設ができるのなら何よりよいことではないだろうか。

思い出してみれば、以前、救援会がそうした案を提示してくれたことがある。そのときは残留民たちの意見がまとまらず、結局、案は流れてしまった。ユウ自身、その当時救援会の申し入れを深く検討しようとは思わなかった。だが今は、ムシがいいかもしれないが、もう一度救援会に頼んで十五戸がまとまって住めるような場所をさがしてもらうことはできないだろうかという気持ちになった。

ユウは、早速島田俊三を訪ねてそのことを訴えた。

しかし、日ごろ温厚な俊三が、ユウの話を最後まで聞かずに、丸い目を険しくして、

「馬鹿な。今さら救援会にそんなこと頼めるもんか」とにべもない。

「なぜ？　救援会は善意のある人たちの集まりだから、頼めばもう一度力になってくれると思うけど」

「自分の都合ばかりでものを考えるな」

「ぜいたくは言わない。場所はどこでもいいんだけど」

「ユウちゃんには呆れるよ。谷中村の復活はここ谷中村でなきゃ意味がないんだ。ユウちゃんたち女三人が精魂こめて書いた請願書の精神を忘れたのか」

「忘れたわけじゃないけど、現実は現実。理想だけではどうにもならない」

「今になってがっかりさせるようなこと言うなよ」

「どうしても移住に賛成できない？」

「できない」

俊三は頑としてはねつける。ユウは傷つき、プリプリ怒りながら帰宅して、弟の富吉をつかまえて愚痴を言った。

「みんな頭が固すぎる。そう思わないかい？　富吉」

「おらには、わかんねえ」

「だよね。おまえにわかるはずがないよね。やっぱ、うちだけここを出て行こうか」

「それは厭だ」

富吉は即座に言った。

「おらは、最後までここに残るよ。だって、お父が言ったじゃねえか。谷中事件の解決を見ずに死ぬのはじつに残念だって。だからおら、ここの解決がどうなるか、お父の分まで見届けるんだ」

ユウは富吉のまだ小さな掌《てのひら》で頬を打たれたような気がした。

頼りない子どもだと思っていた富吉が姉のユウや残留民のだれから言われたわけでもないのに、父の気持ちをまっすぐ受け継ぎ、揺るぎのない覚悟をしている！

ユウは言うべき言葉が見つからなかった。

# 第三章　トシ

## 1

近くの関久助の家から帰ってきた杉坂トシは、疲れはてて縁側にへたりこんでしまった。秋口だというのに真夏のように暑い。四十歳の年にしては若々しいふっくらした頬から首にかけて汗がダラダラ流れ落ちる。短い距離とはいえ炎天の野道を通る間についた盗人萩《ぬすびとはぎ》の棘《とげ》が野良着のあちこちに刺さって、汗ばんだ肌にチクチク当たるのも苛立《いらだ》たしい。棘を一つ一つ指で抜くうちに、あ、いけない、忘れていたと気がついて、急いで庭の奥に祀《まつ》ってある石祠《せきし》の前に行った。そしてポンポンと手を打ち、頭を下げた。谷中村から古河町に移ってきたとき、夫の留吉が運んできた富士浅間神社の石祠である。

留吉は富士浅間信仰の家系に生まれ、自らも行者なので古河町に移っても石祠をおろそかにせず、家族にも家に出入りするときは必ず拝むよう、うるさく命じている。

　家のそんな大事な習慣を忘れるなんて、おらはどうかしているとトシは神様にお詫びする気持ちでいつもより深く頭《こうべ》を垂れ、声に出して祈った。

「関家の喧嘩の仲裁にわたくしが呼び出されるのは、これでもう何度目かわかりません。何とも世話のやける隣人でございます。でも、元はわたくしどもと同じ谷中村の人ですから他人と思わず、いっしょうけんめい世話を致しております。神様、どうか関家が安泰に静まりますように」

　祈ったことでトシは気が済んだ。いつものことだが、関家の嫁のキヌから、夫の義作が興奮して手がつけられないからなだめてほしいと泣きつかれると、トシは何をおいてもとんで行く。留吉に頼まれたわけではないが、関家の面倒をみることが買収員の妻である自分の大事な務めだと思いこんでいる。

　というのも、買収員の仕事は世間に向かって胸を張れるようなものではなくて、何となく肩身の狭い、後ろめたい感じがつきまとうからで、夫に代わって妻がその埋め合わせをしなければ申し訳ないような義務感がずっと心の中に沈んでいるからなのだ。

　藤岡町の土地買収事務所の買収員になって四年になる夫、杉坂留吉は、買収の仕事のことで妻に口出しをさせない。はじめからそうなのではなく、だんだんそうなったのである。

　トシは少し気が強く、理屈っぽいのが難といえば難だが、頭の回転が速いし、人情の機微もよくわかるし、それに実父が地主で儒学に造詣が深く、これからは女も読み書きぐらいできなければいけないと言って自ら熱心に教えてくれたおかげで、手紙を書いたり簡単な書物を読むぐらいはまったく不自由しないような、留吉にとっては自慢の妻だった。

しかし買収員の仕事が軌道にのりはじめると、妻に仕事の話はしなくなり、子どもたちに対しても寡黙になった。

買収員に対する世間の評判はひどく悪い。夫が黙っていてもトシの耳には悪い噂が容赦なく入ってくる。たとえば買収員には、土地の測量をするためなどといって作物の育っている畑をわざと踏み荒らし、その場を見つけた田中正造や近くの農婦たちに「この泥棒め」と鍬《くわ》を振り上げて追いかけられるものもいるという。夜陰に紛れて堤を壊したり、漁民にとって何より大切な簾《すだれ》、網、筌《うけ》などの漁具を盗むといったひどいこともするそうだ。

夫もそうなのではないかと、心配になったトシが訊ねると、留吉は、

「だれのことだか知らねえがそれも仕事のうちだんべ」とはぐらかし、後は無言である。

こんな留吉だから、関久助の家の買収などはトシに一言も洩らさなかった。

そのことを教えてくれたのは、谷中村の堤外に住む古い知人である。トシと古河町でバッタリ会ったとき、その知人は、

「杉坂さんもあんまりだべ。久助父子の仲を裂いてまで買収することねえのによ」

と言った。その人は、これまでずっと谷中村の情勢について中立的な意見しか言わなかったのだが、今度ばかりは留吉のやり方を批判しないではいられなかったようだ。

「久助さんとこを買収？　おら、今はじめて聞きました。申し訳ないことです」

思わずトシが謝ると、相手は苦笑し、気の毒そうに言い繕った。

「何もあんたが謝ることはねえよ。おれは久助爺さんが可哀想で、つい、余計なことを言ったまでだ。まあ、杉坂さんにもそれなりの考えがあるんだろうが」

杉坂さん、と、彼は留吉に敬称をつけた。村人の多くは陰で、県の買収員になった杉坂留吉を呼び捨てにし、裏切り者だの、恥知らずだのと非難するが、表向きは、むかしのように杉坂さんと呼び、お義理に敬意を示してくれる人もある。もとはといえば、留吉は弁もたち、文才もあり、すぐれた村の世話役の一人として、身を粉にして村人に尽くした功績があるからだろう。留吉ほどの人物が買収員などに転身したことへの村人の失望や憤りは、ふつうの人に対するよりかえって強いのかもしれない。

関家の買収話を聞いた以上、トシは黙っていられなくなり、夫が帰宅するとすぐに、あの家を買収するなんてやめたほうがいいと忠告した。哀願したというほうが近かった。関久助の家は他の十五戸と同様、強制破壊の修羅場を乗り越えてこれまで踏ん張ってきた。

これら残留の人々は、もはやこの村の地蔵様になりきったかのように、そこに居つづけること自体を誇りとして自分たちの存在を支えている。それなのに今になってその誇りを取り上げ、脱落者の汚名を着せるのはひどい。と、トシは主張する。だが、留吉は聞き入れない。

「移住を脱落と見るからおめえのような言い方になる。なあに見てろ、近いうちに必ずカタがつく」

そして間もなく、じっさいにカタがついたのだ。関家は古河町に移住し、杉坂留吉の家のすぐ近くに畑四反歩を買い入れた。それが二年前のことである。

関家の若夫婦や子どもはもう古河町での新しい生活になじんでいるが、久助老人だけはまだ谷中村に帰りてえ、と言いつづけている。その父に、愚痴っぽすぎると義作が怒り、父は、おまえが親を騙したのだと言い返し、親子喧嘩は収拾がつかなくなる。

トシが夫に内緒で知人に問い合わせたところ、確かに留吉と義作は、頑強に抵抗する久助に無断で買収の契約手続きをとったことがわかった。

のけものにされたことを後になって知った久助は大騒ぎし、杉坂留吉にとりすがって、補償金を返すから村に戻してくれと泣きついた。留吉は久助の願いを頭から拒絶せず、それほどに言うなら県に申し入れに行こう、そのときは自分も同行すると応じた。

喜んだ久助が留吉に伴われて県庁に行くと、そういう申し入れは、来月県議会が開かれるまで待てと言われ、直接の担当者と面会できなかった。仕方なく二人は家に帰り、連絡を待ったが、いつまでたっても県の返事はないままだという。トシのような法律にくらい主婦でも、この段階にまできて土地の買い戻しなど県が許すわけもないと思われるのに、なぜ、留吉がこんな気休めの行動をとったのか不審であった。

結果的に、留吉が老人をなだめるための芝居をしたのだとしか考えられなかった。

もしそうなら、何とも罪作りな話である。トシはこんなことまでして買収をする夫の心を測りかねた。夫は、残留民の側に立つよき買収員になると言ったが、あのときの気持ちを今ももちつづけているのか、それとも忘れてしまったのか。

谷中村に帰りてえ、と言いつづける関久助に義作が業を煮やし、

「このボケ爺、いつまでも未練がましいことを言うなら、親子の縁を切ってやるから勝手に一人で谷中に帰れ。田中の爺様が面倒見てくれるべ」

と言う。すると、久助はほんとうに家を出てトボトボと歩いて船着き場まで行き、舟に乗ってしまう。そして谷中村に着くと、堤上の道をみじめっぽく泣きながら、あてもなく歩き回る。

そんな姿を見た元の同じ部落の人が、久助は呆《ぼ》けてしまったと思い、わざわざ彼を古河町の息子のところへ送り届けてくれたことがあった。

義作は、父を連れ帰ってくれた人が帰った後、激怒して、この恥っさらしが、と、父親を殴った。キヌがあわてて止めたが、義作の怒りは収まらない。義作にしても父親の承諾をとらずに移住したことへの自責の念に駆られているからこそ、他人からこんなお節介をされると、周り中から非難されているように感じ、激しく怒り狂うのだろう、とトシはみている。義作は気性が激しく、興奮すると妻でも手がつけられなくなる。そこで困り果てたキヌは、少し離れた杉坂留吉宅に助けを求めて駆け込むことになるのだ。

留吉が義作に移住を勧めたとき、「なあに、移るといっても、おらんちのすぐ東隣。困ったことがあれば、親戚のつもりで何なりと面倒をみるから安心しな」と、親切げに約束したのだから、その責任は果たさねばならない。

だが、約束をした当の留吉はたいがい留守で、時を選ばず突発する関家の喧嘩の仲裁は、家にいるトシが夫に代わってとんで行かなければならないのだ。とんでは行くが、女のトシが力ずくで義作を止められるわけもないから、せいぜい優しく説諭することしかできない。トシは義作の、爪の間にいつも黒い土が詰まっているような指に触りたくないけれど、仕方なしにそっとその手をとって、「なあ、義作さんや」と声をかけると、触られた義作はその瞬間、まるで電流を感じたかのようにビクリとし、急に身動きしなくなる。義作には妙に過敏で気弱なところがあるのだ。トシがそのときを逃がさず義作に、「親に乱暴すると、ご先祖様がちゃんと見ていて罰を下される。そうなれば、家族は谷中にいたときよりもっと不幸になってしまうべ」などと言い聞かせると、なぜか父親よりご先祖様を崇拝し怖れている義作はやっと落ち着きを取り戻す。そして、「おれが悪かった」と、だれにともなく謝る。

これで一件落着。関家の嵐はようやく静まるのだが、トシの疲労は溜まりっ放しである。

その夜トシは、夫が帰宅したら関家の喧嘩の仲裁に疲れ果てたことを訴えるつもりだった。夫はきっと、そんなことをやってくれと誰が頼んだ、と一蹴するだろうけど、たまには恨み言の一つもぶつけてやりたい気分だった。

だが、酒の臭いをプンプンさせた留吉は、妻の口から関久助の名を聞かされると、面倒くさそうに、もう放っておけ、おれたちの世話にも限界があると突き放した。

「だって、古河に行っても親戚のつもりでずっと面倒をみるって、あんたが調子のいいことを言ったから、キヌさんがうちをあてにするんだよ」

留吉は寝転び、大きなあくびをして酒くさい息を妻に浴びせ、

「もう済んだことだ。おれは眠い。もう寝る」

夫のそんな態度に、トシの不満は収まらない。

「一体、どこでそんなになるまで飲んできたんだよ」

「菊田省吾さんとこだ。ちょっとうちに寄って一杯やっていけって」

「何かと言えば、菊田さんだねえ」

日ごろ言わないようにしている言葉をつい言ってしまう。

「菊田さんと飲むの、いけねえか」

トシの口調に棘があることを感じた留吉は、気色ばみ、酒で濁った眼をギロリとむいた。

「別にいけなくはないけど……」

「あの人はりっぱな人だ。おれが思っていたよりずっとよい人だ」

「ふうん」

留吉はそれきりトシが何を言っても返事をしない。ほんとうに眠ってしまったらしく、蚊がうなりを上げて彼の顔のあたりに寄ってきても手で追い払うこともしない。

「何かって言えば、菊田さん。あんな人、信用できるもんかね」

夫が眠ってしまったのをいいことに、トシははっきり声に出して菊田の悪口を言った。

菊田省吾という人物が留吉を買収員の道に誘いこんだ張本人だと、トシはずっと思っている。

菊田は留吉より五つほど年上の四十七、八歳ぐらい。村の助役もやったことのある切れ者で実務能力が高い人と言われている。村内の内野部落の総代だった留吉同様、彼も別の部落の総代として数年前まで意欲的に反鉱害運動をしていた。

だが谷中村買収案が県議会を通過するや、彼はこれまでの反鉱害運動をやめ、部落のものたちにはこれ以上抵抗せずに一刻も早く土地を県に売却して他の地へ移住するのが最良の方法だと説き、自身もサッサと谷中村から藤岡町に居を移したほど変わり身が早かった。

菊田は、この地方で著名な森鷗村という学者の門人だが、師や門人たちのほとんどが田中正造の支持者である中で、彼だけは田中正造に与《くみ》しなかった。また彼は、かつて村に甚大な損害を与えた排水機設置事件の中心人物らと関わりがあったけれど、事が発覚すると要領よく身を躱《かわ》し、何事にも関与していなかったかのように振る舞っているという世間の噂もあった。留吉とトシのように、どちらかといえば融通のきかない気質の夫婦が、そういう菊田を自分たちとは異なった質の人として敬遠していたのも無理はなかった。

ところが買収員になってからの留吉はみるみるうちに菊田と親密になり、トシだけが今も菊田によい印象をもてぬままでいる。

## 2

明治三十年代の半ば過ぎまで、杉坂留吉は谷中村内野部落の若い総代として鉱毒委員や築堤委員を長く務め、骨身を惜しまずよく活動した。熱血漢ではあるけれども堅苦しくない、明るい性格であって村人たちから慕われ、感謝されていた。長く病床にあった隣家の島田熊吉の父の容態が悪くなったときなど自分の仕事を放り出して、身内同様によく面倒をみたし、施療所に入れるように奔走することもした。

留吉の自己犠牲的な活動ぶりには、妻のトシさえいささか呆れ顔で、

「そう外を飛び回ってばかりいないで、うちのこともう少しやっとくれ」

と、注文をつけるほどだった。するときまって彼は答えた。

「おれは総代なんだ。部落の人が困っているのに放ってはおけねえ」

「総代、総代って言ったって、昔と違って、暮らしに困ってるのはほかの家と同じ。畑仕事のほかに菅笠作り、おら一人では手が回らないよ」

トシが言うように、杉坂家は元地主の家柄であったがたび重なる洪水のため田地をメチャメチャにされ、生活に困窮することは他の村民と何ら変わらない状態だった。

「おれだって家のことはやってるつもりだ。そうガミガミ言いなさんな」

じっさい、彼は妻に文句を言われないように朝早く起き出して農作業にいそしみ、夜は遅くまで手内職の菅笠作りに精を出した。読み書きが堪能で文章をうまく作れる留吉は、総代仲間からも頼りにされ、請願書や上申書を作成することが多かった。

明治三十四年、当時三十八歳だった留吉は他の有志とともに、五万円の村債取り消し運動をした。そのとき請願書の草稿を書いたのも彼である。

五万円の村債とは、かつて下都賀郡長の安生順四郎や村首脳の大野孫右衛門らが排水機設置にからんで独断的におこした村債である。排水機は何の役にも立たず、村債だけが残った。

そのころ村会では、排水機事件を引き起こした当事者を擁護する議員と、これを弾劾しようとする議員とに分かれ紛糾していた。安生順四郎らを擁護する一派は、五万円の村債を県に献金し

てそれに対する見返りの形で県による堤防拡張工事を請願しようともくろみ、村民から承諾の印を集めた。一部の村民がそれに応じて押印した。やがてこのことが問題視され、谷中村調査委員会が作られた。杉坂留吉ら八名の青年が調査委員に選ばれて真相の解明に乗り出した。綿密な調査の結果、この村債は違法であるとの結論に達した。そして留吉らは、金を献金などの目的に使うべきでなく、借り入れた日本勧業銀行に返還すべきだと申し立て、村債取り消しと村債金による修堤工事中止を求める請願書を出した。調査委員会は同時にもう一つ別の届書（請願書調印取り消しの届書）も出した。それは前記の請願書に署名捺印した一部の村人は、内容の真意をよく理解できないまま捺印させられたものであるから取り消されたいという趣旨である。

留吉らの努力が実ったとみえ、村議会は村債金による堤防工事をしないことに決めた。

一方、栃木県会は明治三十六年、谷中村を買収し潴水池《ちよすいち》を設ける案を出し、そのときは否決されたが、三十七年十一月に再び審議となり、ついに十二月には秘密会で可決された。

新聞などでこの情報を得た村人たちは不安に駆られた。

そこで築堤委員でもある杉坂留吉ら谷中村の総代たち三人は、事の真相を確かめようと知事に会見を求めた。会見した知事はとぼけて、潴水池のことは調査中であると言葉を濁すだけであった。堤防の修復についても、のらりくらりとはぐらかし、誠意ある返答などはしなかった。

やりとりの中で総代の一人は、県が築堤しないのは殺人にあたるとまで迫った。そのとき知事は、殺人にあたるもやむを得ず、と口を滑らせた。留吉はそれを聴き洩らさず記録し、後日、この記録が事実であることとの証明願を出している。

そのころ田中正造はすでに十年にわたった国会議員生活を辞め、明治三十四年十二月、天皇直訴に及んだ。留吉はそんな田中正造を熱烈に尊敬していた。正造が谷中村を訪れたときは自分の家に泊めたこともある。トシはそのときの正造の様子を忘れない。

雨も降らないのに蓑《みの》をつけ、紺の脚絆《きゃはん》に爪先の抜けた地下足袋という身なりであった。大きな丸顔に白い髭《ひげ》、髭が白いのに頭髪は黒くて長く、後ろで束ねていた。目は左右の大きさが違って、小さいほうは慈愛深く優しげで、大きいほうは恐しく見えた。

蓑を脱ぐと、羊羹色《ようかんいろ》に褪せた黒木綿の単衣《ひとえ》に赤茶けた黒繻子《くろじゅす》の袴《はかま》が現れたが、衣類全体が薄汚れてよれよれでひどいものだった。左右の目の大きさの違いといい、髭と髪の色の違いといい、本来それぞれが均質の対であると考えられるものが統一されていないところに、トシは妙に惹きつけられた。

風采はともあれ正造は礼儀正しかった。トシが用意した粗末な食膳に向かい、ていねいに礼を言ってから箸をとった。あまりにうまそうに粥をすするのでトシがお代わりを促すと、やや恥じらいを見せておずおずと椀を差し出した。何期も国会議員をやり、最後には天皇直訴までやってのけた大人物が自分のような一農婦にかくも鄭重な態度で接してくれるので、トシはひどく恐縮した。

あるとき、正造が帰り際、一泊させてもらった礼を言った後、

「留吉さんは村にはなくてはならない、まことにりっぱな総代さんです。今後とも留吉さんをよろしくお願いしますぞ」

と、小さいほうの目をトシにジッと当てて言った。正造は村民のために奮闘する留吉の働きをよく知っているらしい。トシはその慈愛深い目を長く忘れなかった。

やがて明治三十七年、正造は自ら谷中村に移り住んで運動に専念するようになった。村人の中には、彼の行為に感謝する人もあれば、変わった爺さんがやってきたと、冷ややかに見る人もあった。杉坂留吉は前者であった。名誉も地位も財産も捨てて谷中村に住み、村民の仲間になってくれる田中正造を心からありがたく思い、以前よりもずっと身近に感じた。

以心伝心というのか、正造も留吉を信頼し、賞賛と激励を惜しまなかった。

明治三十八年後半になると、正造は県が土地買収に乗り出すことを予想し、留吉ら築堤委員がその術中に陥らぬようくれぐれも用心せよ、と警告した。時にはくどいほどの注意や説諭をしたのは、いつまでも築堤工事が実行されないことで村人たちの築堤委員への信頼が薄れていくことを懸念したのであろう。

留吉は正造の指示を守って必死に請願活動を繰り返した。だがどんなに努力しても、すげなくはね返されてしまう。それでも挑む。また突き放される。その繰り返しだった。

そのうちに正造が心配した通り、一向に築堤工事が実現しないため村人たちの一部が築堤委員に非難の目を向けるようになった。留吉は、村人たちにどうしたらこの苦衷をわかってもらえるのかと悩むと同時に、こんなやり方で先への見通しがつくのだろうかと自らに問うようになった。田中正造の谷中村を守りぬくという目標は正しいと思うが、いくら正しくても、今現在の苦境に立たされている村民を少しでも楽にする方法が見つからない。

必要なのは遠い目標ではなくて、もっと即効性のある現実的な方法である。そんなことを正造に言えば、大局を見誤るなと叱られるだろう。今が苦しいときだ、将来は必ず正義は勝つのだと言うだろう。

しかし将来とはいつなのだ、いつまで耐えればいいのだ、と詰め寄る村民に答えることができないまま、総代としての使命感だけが重くのしかかった。

妻のトシは、留吉がぼんやりと物思いに沈むことが多くなってきたのに気づいた。あんなによく出歩き、帰宅すれば書き物をしていた彼が、家にいる日が増え、ものを書くことも少なくなっている。その分、農作業や内職に時間をかけてくれるようになったのは、妻としてはありがたいけれども、以前のような生気のない夫が気がかりでもあった。

「あんた、どっか悪いんでないの」

村人の中には体の不調を訴えるものが多い。原因はわからないが鉱毒が飲み水や野菜や魚によくない影響を与えているのではないかと、みんなは言い合っている。

「なあに、何でもねえよ」

夫の答えはいつも同じだった。

洪水に襲われるたびに村の堤防のどこかが決壊した。県に請願しても修復してもらえず、村民が自費をもって急ぎ復旧工事をした、いわば血と涙の結晶である箇所もムザムザ破壊された。堅固な堤防さえあれば村人を守りきることができる、という一念で築堤委員を務めてきたが、もはや限界だと思ったとき、杉坂留吉の心の堤防も切れかかった。

これからも次々と破堤箇所が増え、自力での修復もできなくなれば、村民の暮らしは成り立たない。いくら村民が強い精神をもってこの土地を去らぬと決心しても、基本的に生命の維持ができない土地でどうやって生きつづけるのか、何があってもがんばれ、と、あてもないのに一本調子で彼らを励ます自分たち委員は、かえって彼らを苦しめているのではないかと、留吉は思うようになった。

留吉は次第に弱気になる自分を叱りつけた。望みを捨ててはいけない。忍耐していれば、天が味方して村民を救う方法が見つかるやもしれぬ。もはや神頼みしかないような気がして、彼は自宅にある富士浅間神社の石祠に一心に祈った。

トシもまたやりきれなかった。奮起の鞭を厳しく自らにふるう夫を見るのが辛かった。夫婦の苦悩も知らぬげに、田中正造からはさらにひんぱんに長文の激励が寄せられる。

〈……例の悪党らは人心を離間させるためさまざまに根も葉もなき流言を拵《こしら》えて正義派の行動を妨げたり、このりっぱな堤防の要求的請願にすら反対したりする。ただし東京表でも貴君らの諸願は天晴れな道理だと賞賛されている。この上の御尽力はいよいよ大必用である〉

あるいはまた、〈こんなときは弱みにつけこんだ流言離間中傷、偽り欺き、いろいろの強制脅迫の悪手段をやるがご用心ご用心……〉

それまでは正造の手紙がくるたびに、食い入るように読んでいた留吉が、そのころになると、手紙を全部読み終わらぬうちに額に手を当ててうなだれ、放り出してしまうことが増えた。

トシは、田中正造が留吉の努力を賞め、激励してくれることをありがたいとは思うものの、苦しむ夫にこれ以上強い圧力をかけるのはやめてほしいと思うことがあった。夫は一途で純粋だけれども、気弱さもあれば傷つきやすさももっている。これ以上緊張を強いると、夫の何かがプッンと切れてしまいそうな危機感をもった。

菊田省吾が留吉に接近してきたのはそのころだった。

菊田と留吉はそれぞれの部落の鉱毒委員として同じ立場にあったけれど、互いに生き方が違うことを意識しており、挨拶ぐらいはするがそれ以上近づいたことはなかった。

ところが、この菊田がある日、出会った留吉に、こんなことを言ったのだ。

「藤岡に潴水池設置事務所が置かれ、そこで事務員を募集するそうだ。知ってるか」

「いんや知りません。事務員って何をするんです？」

「つまり買収員だよ。おめえさん、応募したらどうだい」と、留吉の顔をのぞきこむ。

「おれが何で買収員に？　冗談でしょう」

留吉はムッとして、これまでの信念に反するようなことをやれるはずがないと言うと、菊田は端正な顔に薄笑いを浮かべ、それ以上は何も言わなかった。

だが数日後、菊田の話は現実のこととなった。

留吉は郡長と県の役人に呼び出され、買収員になってほしいと頼まれたのである。

「貴君を見込んでお願い致します。潴水池設置事務所の事務員になり、なにとぞ本県のためにご尽力願いたい。それはそのまま村人たちの幸福にもつながることですから」

留吉は腹が立った。痩せても枯れても買収反対をやっていたこのおれを見損なうな、と言いたかった。だが留吉はその気持ちを抑え、つとめておだやかに、しかし毅然と答えた。

「村人から土地を買収する仕事が県のためになり、村人の幸せになるとは思えません」

するとと相手もにこやかに言う。

「谷中村を買収する趣旨は村民救済です。土地物件を補償するとも、権利は依然として元所有者にある。補償を受けたものには貧富を問わず移住費を与え、移住地は彼らの選択に任せる。そういうことを村人たちによく説明し、納得させるのが買収員の仕事です」

留吉は耳を疑った。「土地物件を補償するとも、権利は依然として元所有者にある」と？　それなら補償とは何のための補償だ。そんなうまい話を信じるわけにはいかない。いや、待てよ、あるいはほんとうかな。国と違って県には村民に対するいくらかの同情や温情があり、悪いようにはしないかもしれない。

留吉の頭の中に渦がぐるぐる回り、その中に、チラと希望の光を見たように感じた。

県が買収という文言を使わず、巧みに補償処分と言い換えている真意をよくつかめなかった留吉は、土地の権利が元所有者にあるというのがほんとうならば結構なことであって、何も頑固に県に逆らう必要はないのではないかと、思いはじめた。鉱毒委員や築堤委員としてこれまで県には何度も煮え湯を飲まされたのに、土壇場にきて県の役人を半ば信じたくなった。それほど、彼の心は弱っていたともいえる。

留吉の揺れる様子を見て、役人は満足そうな笑みを洩らした。

やがて、同じ話をもちかけられているのは留吉だけでなく、谷中村在住の人、またすでに近隣に移住している知人ももちかけられていることがわかった。勧誘を受けたものは留吉同様にためらい、すぐには返事ができない段階だが、その中の一人が洩らした。

「菊田省吾さんも、いよいよ県の土木吏になる腹を決めたらしいべ」

驚いた留吉が、わざわざ菊田に噂のことを確かめにいくと、彼はあっさり認めた。

「そうだよ。法律で村が廃村になると決まった以上、将来のないこの土地の村人は一刻も早く移住したほうがいい。その決心を促進させるために、わたしは買収員になる」

「村に将来がない？　そんなことはない。憲法の保障する人権を国や県に守らせ、潴水池計画を断念させれば、谷中村は必ず復活します。田中さんもそう言ってます」

「田中さんは何かというと憲法を持ち出すが、その憲法にのっとって作られた法律に我々は従うのだから矛盾はない。土地収用法というのを知ってるか」

「知っていますよ。だが、まだわが谷中村がその適用を受けているわけじゃない」

留吉は憤りをこめて言い返した。そしてまだ公式に適用もされていない法律を先取りして買収活動に加わるとは、菊田はやはり陰で言われる通り、時流にのるのがうまい狡猾な人なのだと改めて思った。留吉の思いなど無視して菊田は言った。

「法律のことはいいとして、買収員になるのを悪いことだと決めつけるのはよくない。わたしは村人の役に立つために買収員になるのだから」

「村人の役に立つ？」

笑わせるな。信じそうもない留吉に、菊田は次のように説明した。

「近ごろ県の手先に、早く移住すれば補償がつくが、拒否すれば法律違反としてお上が無理やり土地を取り上げてしまうぞ、などと脅されて、先祖代々守ってきた土地を二束三文で売って移住してしまう家が続出している。それというのも、役所からの手紙が読めなかったり、契約書に字も書けなかったりして、役人の口先だけを信じて判を押してしまうからだ。そんな人たちは、不当に安く買いたたかれても気づかない。しかし、県の役人と村人の間に立つ公平な人物が目を光らせていれば、役人の欺瞞を未然に防ぐことができ、村民は損をしなくて済む。つまり、買収員の仕事は村民のための善意の介添え人になることだ」

「善意の介添え人？」

はじめて聞く言葉だ。これまで要注意人物だとして近寄らなかった菊田の話が突然留吉の心に快く響いたのは自分でもふしぎだった。そんな考え方もあるのかと思った。

留吉は家に帰って頭から水をかぶり、やっと冷静さを取り戻した。菊田の言う、村民のための善意の介添え人になるなんてまやかしだ。そんなことできるはずがない。変節を正当化するための彼一流の口実だ。おれはこのところ気弱になっているせいで菊田ごとき男の妄言にたぶらかされそうになっているのだ。危ない。危ない。留吉は何回も水をかぶって、菊田の言葉を遠ざけようとした。

だが、すぐ、ではおまえには現状打破のための、菊田とは違う別の方策があるのかと問いかける声が聞こえてくる。それには何も答えられず、相変わらず迷いの霧の中でもがく。

自分がどんなに県に掛け合っても、県は頑として築堤してくれないし、村民はそれを築堤委員の怠慢、力のなさとばかり白い目で見るような気がする。田中正造にはしっかりしろと責め立てられる。八方ふさがりの自分は一体どうしたらいいのだ。

留吉は煩悶《はんもん》し、いきついたのは、これまでの自分が鉱毒委員や築堤委員はいい人間、買収員は悪い人間と単純に区別して、自らを袋小路に追いこんでいたということだった。その固定観念を打ち壊すには、一つの立場に固執せず、菊田のようにあっちの川岸へ、こっちへの川岸へと、ときに応じてヒラリと飛び渡るような柔軟さが必要なのではないか。

他人から変わり身が早いと思われようと、要は、村人が幸せになれたらいいのだ。

こう考えると、気が楽になった。自分も菊田と同じく、手法を変え、川の向こう岸に飛んでみようかという気になった。

しかし、自分は覚悟の上でそう決めても、家族にまで卑怯、裏切り、堕落など、ひどい言葉を村人から投げつけられることになるだろうと想像すると、身が縮んだ。

留吉は悩みを一人で抱えきれなくなった。ある夏の夕方、彼はついに妻のトシに意見を求めた。彼は賢い妻を信用していて、それまでは何事につけトシに相談して決めることが多かったのである。

「もし、おれが買収員になると言ったら、おまえはどう思う?」

「そんな馬鹿なこと」

トシは聞き違えたかと思い、縫い物の手を休めず、取り合わなかった。留吉はそれ以上言うのをよほどやめようとしたが、どうしても今言わねば、とも思い直し、

「菊田さんは県の土木吏になるそうだ。おれもそうなったら、おまえはどう思う？」

トシはやっと手を止めて、いつもの落ち着いた微笑で答えた。

「県の土木吏に？　菊田さんならやりそうなことだべ。だけど、あんたに限ってあり得ない。いきなり変なこと言わないで」

「いきなりじゃねえ。おれ、仕事がうまくいかなくてずっと悩んでいたんだ」

「それはわかってた。おらだって、悩んでるあんたを見てそりゃ辛かった」

トシは、最近とみに憔悴している留吉を見ていて、遅かれ早かれ、村の築堤委員を辞めると言い出すような気がしていた。それも仕方がないだろう。気力が萎えて元気をなくしている夫を楽にしてやりたいという気持ちがトシにはすでにあった。しかし夫の口から出たのは、〝買収員〟になるという言葉だった。

それが冗談でなく本気だとわかると、トシは青ざめた。

「わかってるの？　買収員になったら村の人からどんな目で見られるか」

「恐らく裏切り者だの、卑怯者だのと呼ばれるだろうが、覚悟の上だ」

留吉は下腹に力を入れて答えた。

「覚悟の上って？　まるでもう決めたみたいに。こんな大事なことを勝手に決めたの？」

トシは針から糸を引き抜き、針箱に納めながら夫を睨みつけた。美しいが夜叉のような恐ろしい形相になった。留吉はその直前まで、自分の覚悟はまだはっきり決まっておらず、ただ相談するだけのつもりで切り出したのだが、見たこともない妻の険しい目つきに突き刺されたとたん、かえって勇気が迸《ほとばし》り出た。この妻一人さえ説き伏せられなくて、一大決心を遂行できるものか、決して退くな、と命じる声がし、その力に勢いを得て言った。

「そうとも。男のおれが決めたことだ。逆らっても無駄だ」

「ひどいよ、ひどいよ」

トシは泣きそうになるのをこらえながら、

「あんたの辛い立場はおらが一番よくわかってる。だから築堤委員を辞め、いっとき休んだほうがいいと思っていた。あんたは、さんざん村に尽くしたんだから、休みたくなるのは無理もない。そのことならみんなわかってくれるよ」

「いっとき休む？　おれに休息する時間や場所がどこにある。前に進むしかねえんだ」

「前に進むのはいいが、何も恥さらしな買収員にならなくてもいいじゃないの。子どもたちのことも考えとくれ。友だちに何て言われるか。いじめられるかもしれないよ」

「おめえは買収員を恥さらしと言うが、そんなきめつけ方は間違ってる。心の持ちようでいい買収員になって、ずるい県から村人を守るんだ」

留吉は、菊田が話したままを持ち出して、妻を説得しようとした。自分が菊田に説得されたように、トシもそうなるだろうと思ったのだ。だがトシは納得しなかった。彼女の白い顔はひきつり、大きな目の色が青く凍ったようになって、再び夜叉の形相に戻った。

「いい買収員？　そんなの見え透いた言い訳。買収員が人をいじめることはあっても、人を助けなんてできっこね。だって、県が買収員を雇うんだべ？　雇われたものは主人の言いなりになるしかねえべ？　村民のためになる役立つことなんかできるはずがねえべ」

留吉は妻のあまりの激しい反撃にたじろいだ。同時にひどく癪《しゃく》に障った。そして最後は男がよく使う台詞《せりふ》を言った。

「おめえ、亭主の言うことが信じられねえのか」

「…………」

「ちっとばかし学があるからって甘やかしたらつけ上がり、つべこべ言いやがって」

「おらは、これまでのあんたを信じてたけど、買収員になるような人は信じられない。絶対……の罰が当たるよ」

「だれの罰だって？」

「田中さんの罰だよ」

「田中さんは人間だ。罰なんか当たるもんか。富士浅間様じゃあるまいし」

「田中さんは浅間様と同じくらいありがたい人なんだよ」

「何がありがたいものか。自分の考えを村のものに押しつけ、言うことをきかないと怒鳴りたてる、ただの怒りっぽい頑固爺だ。いつまでもああして我を通す気だ」

「違う。田中さんは我を通していなさるんじゃない。村民が一人抜け、二人抜けして他所《よそ》へ行ってしまえば、村が弱くなるばかり。そうなれば国や県の思う壺になるばかりだから、みんな踏ん張ってしっかり結束しよう。そうすればやつらも手出しができない。だからここを出て行くな、留まれ、と言っていなさる。それのどこが間違ってるの」

「これだから女はしょうがねえ。みんなが死ぬ思いでここに留まってさえいれば、やがてよくなるんじゃなくて、待ってるのは餓死だけなんだよ。それでもいいのか」

「情けない。あんただって、ついこの間までおらより熱心に田中さんを信じてついてきたじゃないか。どうして、こう、いきなり変わるんだよ。きっと菊田さんのせいだね」

トシの心に菊田省吾への憎しみが頭をもたげた。やっぱりあの男が夫を悪くしたのだ。

「菊田さんのせいじゃねえ。やっとおれ自身が気づいたんだ。買収員になって、この先どうすべきか迷っている村人を安心させてやりてえって」

「コロッと心変わりをするような人のことをだれが信用するもんかね。恥知らず」

「恥知らずだと？　おれに向かってよくも言ったな」

「ああ言ったよ」

「亭主のことをそんなふうに言うのか。恥知らずといっしょに暮らせねえなら、おめえはこの家を出て行ってもいいんだぜ」

「呆れた。そこまで言うかね」

トシは啞然とした。妻を追い出してまで自分の決心を貫き通そうとするとは！　突然涙があふれ出た。頰を伝う涙は、いきなり離縁されそうになった女の屈辱なのか、ずっと敬ってきた田中正造の悪口を言われる口惜《くや》しさなのか、トシ自身よくわからなかった。

「あんた、自分が何を言ってるのか、わかってるの？　気でも狂ったの」

「うるせえ。ゴタゴタ言わずに家を出て行け」

留吉はまるで駄々っ子のように顔を赤くし、大口を開けてわめく。

「ああ出て行くよ」

余裕をなくしたトシは子どものように泣きながら家を飛び出した。

外に飛び出してはみたが、行くところがない。ただ立ちつくして空を眺めた。

暑気が去り、美しすぎる夕空に涼しい風が吹き渡るのさえ物悲しいのに、カナカナ蟬が鳴いていっそうトシの悲しさを募らせた。蟬は、何もかもおしまいだと鳴いているのだろうか。

そのとき遠目に、がっちりした体格の老人が夕日の中を長い影法師を引きながら、こちらに向かって歩いてくるのを認めた。一本道だから遠くからでも姿形はわかる。

田中さんだ。トシの体はピクリとした。我が家に来るのか、それとも隣家の島田家を訪ねるつもりだろうか。我が家に来るのだったらこのみっともない喧嘩場面は見せられない。

どうしよう。トシはとっさに家の横手の藪の中に分け入り、その中に一本だけ生えている背の高い卯木《うつぎ》の木の根元にしゃがんだ。たちまち藪蚊がうなりを上げて攻めてきた。トシはそれを正造の罰だと思って耐えた。

やがて正造独特のよく響く声が風に乗って途切れ途切れに聞こえてきた。どうやら彼は島田家の庭で談笑しているらしい。うちでなくてよかった。トシはホッとし、土の上にひざまずいて、

「田中さん、申し訳ございません。おらを罰してください」と心の中で謝った。

トシは田中正造をずっと畏敬してきた。時には夫留吉への正造の叱咤激励が強すぎると感じ、

どうぞうちの人をそう追いつめないで、と訴えたくなることもあったけれども、正造その人を信じる気持ちに少しの揺らぎもなかった。

彼女のそんな信じ方は儒教に親しんだ父親の教育のせいだったかもしれない。父はよく言った。真の聖人はなかなか郷党から受け入れられないものだと。聖人は先がよく見え、衆人が道を踏み外さないように目標に向かってまっすぐ導こうとするが、多くの凡人は、今見える範囲の多少の障害のことしか考えない。目を上げて深遠な目標を見つめることよりも、当面の安易な解決だけを願う。そのため、聖人の洞察力や愛に感謝するどころか、迷惑なものとして受け入れたがらないのだ。そして必ず後になって、あのとき聖人の言葉に従っておけばよかったと後悔するのだ。おまえはそうであってはいけない。くもりのない目をもって聖人が話す真実をよく聞け、と。

それを思い出すと、トシは、田中正造がまさにその聖人にあたると思う。

正造は自分のもっている財産のほとんどと名誉を捨て、妻も顧みず、自身は乞食同然になりながら、村人が悪しき権力に押し潰されるのを防ごうとしている。

残念ながら正造は完全無欠の人格ではなく、一部の村人が言うように、怒りっぽく、独りよがりで、押しつけがましく、他人への好悪の感情が強すぎるなど、性格的にたくさんの欠点をもっていて、聖人どころか変人なのかもしれない。

それでも正造の無私無欲、ひたすらこの谷中村と村民を愛してくれる心はだれも疑うことはできない。夫の留吉もずっと正造を信じ尊敬していたはずである。

なのに青天の霹靂《へきれき》、夫は突如正造に離反し、買収員になると言う。

「留吉さんは村になくてはならない、まことにりっぱな総代さんです。今後とも留吉さんをよろしくお願いしますぞ」と正造に言われたこの自分が、夫を買収員にしてしまうとは！　それは妻としてしっかり夫を支えなかった自分の責任だ。何と言って田中さんに詫びたらいいのだろう。

だが理性的なトシは気がついた。今はいたずらに夫婦喧嘩をしている場合ではない。何としても夫を翻意させねばならぬ。時が過ぎてしまわないうちに一刻も早く。喧嘩腰でなくおだやかに辛抱強く、心を込めて説けば夫はきっとわかってくれる。彼だって本心から妻を追い出そうと思っているわけではないのだ。結婚以来、おれには過ぎた女房だなどと言って信頼してくれたのだから、今度も聞き分けてくれるに違いない。さあ、落ち着いて。

トシはしゃがんだまま動悸のおさまるのを待った。

どれだけ時間が過ぎたのだろう。気がつくと後ろに留吉が立っている。

「こんなところにいつまでもいねえで、ひとまず家に入れ」留吉は優しく言って、妻の肩に手を置き、「おれにはこの道しかねえんだ。だが、おれが買収員になって世間から謗《そし》られ、嫌われる人間になるのが厭《いや》だと思うおめえの気持ちもわかる。安心しろ。おまえまで引きずりこむつもりはねえよ。おまえが家を出ても食べていけるように、おれがちゃんと考えるから、心配しねえで実家に帰っていいぞ」

トシは頭から血が引いていくのを感じた。さっき、出て行けと言ったのは夫の単なる腹立ち紛れからだと思ったのに、本気で追い出すつもりだったのだ。

「おらを離縁するの？　あんたが買収員になるのを反対したから？」

「……そうだ」

「買収員になることのほうが、おらより大事なんだね」トシの声が震えた。

留吉は一瞬返事をためらったが、やがて歯の間から言葉を押し出すようにして、答えた。

「そうだ」

トシは夫を振り仰いだ。夕闇が迫って留吉の顔の色はうすぼんやりしているけれども、その静かな表情からは負け惜しみや投げやりな様子はみじんも感じられなかった。

離縁ってそんなに簡単に決められることだろうか。自分は夫にとってそんなに軽い存在だったのか。実家へ帰れ、だって？　トシの実家では田中正造に理解のあった父はすでに亡く、弟の代になっている。それがわかっているくせに帰れという夫の冷酷さ。

トシは二重に傷ついた。しかしすぐに立ち直り、感情に溺れてみすみす夫の思惑にはまってはならないと思った。ここはいったん引き下がり、時間をかけて夫と話し合いをつづけよう。トシは夫の手につかまってヨロヨロと立ち上がり、しおらしく謝った。

「短気をおこしたおらが悪かったよ。さ、家に入るべ」

と自分から夫の手を引くようにして歩いた。

## 3

この一幕で夫婦はいったん諍《いさか》いを収めたかに見えたが、それは表面上のことであり、留吉の買収員になる決意は固く、妻の諫《いさ》めを容れなかった。

意見の食い違いが重なると留吉はだんまりを通し、妻を避けた。目的を言わない外出が増えた。朝早く出かけ、夜遅くにならないと帰らない。どこへ行くのと訊いても答えない。妻が買収員問題に容喙《ようかい》する隙を見せないようにしているのは明らかだった。

夫は買収員になることを県と約束したのだとトシは思わずにいられなくなった。それでいて夫を問い詰める勇気はなかった。問い詰めて、そうだよ、だからどうした、と言われてしまうのが怖いのである。そうなればまた喧嘩になり、再び別れ話が蒸し返される恐れもあった。

晩夏はアッという間に過ぎ、秋になった。気がつくと庭に一本残った柿の木にたくさんの実が赤く熟している。薄《すすき》の穂が朝の光の中で揺れている。洪水さえなければこんなにのどかな優しい風景なのだ。ああ、これが本来の日常の暮らしというものだとトシが考えながら竹竿に洗濯物を通していると、

「おはようございます。おっか様。ご精が出ますな」

と言いながら、荒れ放題の正木《まさき》の生垣の間から敷地内に入って来た男がいる。

おっか様だって? なじみのない呼ばれ方。この土地のなまりがまったくない東京ふうのていねいな言葉遣い。トシはすぐにピンときた。そんな言い方をするものは菊田省吾以外にはいないことを。

トシは広げた洗濯物のすき間からそっと見た。やはり菊田だった。一瞬体が硬直した。夫留吉を人の道に外れた方向へ誘いこんだこの男とは以前何度か顔を合わせたことがある。年齢は夫よ

り五つくらい上、端正な容貌、スラリと背が高く品がいい。家柄がよく、農業をやっていても人任せのためか、日焼けもせずに旦那然としている。今日の身なりも濃紺の紬の袷《あわせ》に対の羽織姿で、色の白い彼によく似合う。

　だがトシは感心しない。村人が泥の中を這いずり回っているこの時期、ゾロリとした恰好で歩くなんて不謹慎極まりないと反感を覚え、いっそ返事などしないでおこうかと思った。

　しかし、いい年をしてかくれんぼをしているわけにもいかず、仕方なく竹竿をくぐって、洗濯物の前に出て、近づいてくる菊田にお辞儀をした。

「留吉さんはおられますか」

　菊田はにこやかに訊いた。トシは硬い声で、

「もう、とっくに出かけやんしたが」

「こんなに早く？　どちらへ」

「さあ、何も言いませんから、どこへ行ったものやらわかりません。夫のことは菊田さんのほうがよくご存じじゃないですか」

　菊田はトシの奥歯にものの挟まった言い方にかすかに眉を動かした。が、さりげなくトシから視線を外して、

「いや。わたしは何も知りません。留吉さんにちょっと話をしたいことがあるんですが、このところすれ違いばかりでなかなかつかまえられないのです。で、朝早い時刻なら家にいるだろうと思って、押しかけてきたのですが。お留守ならばやむを得ません。どうもお邪魔しました。では、

失敬」

と、あっさり引き下がり帰ろうとした。トシはとっさに、このまま帰してなるものか、自分の夫を籠絡した恨みの一言を言ってやりたいという衝動に駆られた。そして、あのう、と声を出したのと同時に、菊田も口を開いた。彼は庭の柿の木を指さして、

「洪水でさんざん痛めつけられているのに柿の実があんなになってる。わたしの家の柿の木にはまだ、一つの実もついていませんよ」

「それは無理ですよ」トシはとっさに口をゆがめて言葉を返した。

「桃栗三年、柿八年というじゃないですか。菊田さんが藤岡に移られてまだ二年くらいでしょう？　柿の実はそう早くなりませんよ」

精一杯の皮肉だった。変わり身の早いこの男が村を見限ってサッサと新居に移り、植えた柿の木に実がならないと文句を言うとは、ムシがいいにもほどがある。我が家のようにこの土地に踏ん張って忍耐の日々を送っている家だけに恵まれる天からの褒美の果実です、と言ってやりたかった。皮肉が通じたかどうか、菊田はニヤリと笑い、一礼して去っていった。

まもなく杉坂留吉は正式に買収員になり、一家は古河町に移った。

留吉は何の気後れも見せず、張り切って、生き生きした様子で仕事をした。それはかつて鉱毒委員になりたてのころ、村人に尽くすという目的に身を挺して打ちこんでいたときと同じくらいの熱心さだった。

トシはそんな夫に複雑な気持ちをもったが、一方で、久しぶりに生き生きした夫の姿を見るの

は厭ではなかった。簗堤委員時代の悩み苦しんで気力をなくした夫を見るより、彼が生気と気力を取り戻して働く姿を目にするほうが妻として安心できた。仮に留吉がトシの反対で買収員になることを断念していたら、簗堤委員も失格、買収員になる決断もできないという八方ふさがりの闇に陥り、絶望するか、腑抜けになって負け犬のようにしっぽを巻いて村の外に逃げ出すしかなかったかもしれない。トシはそんな死んだような夫を見たくなかったとも思う。

買収員になると月給が十八円もらえた。

買収員の仕事に反対してきた自分がこんなお金をもらっていいのかしらと、トシは気がとがめたが、目の前の金を見ると、これで息子たちに教育を受けさせることができ、娘を裁縫塾に入れることもでき、着たきり雀の家族の着物を買い替え、家の中の吊りランプの数を増やすこともできるなどと考え、うれしくもあった。

留吉と時期を同じくして、谷中村の鉱害反対運動をしたものたちの中に県側につくものが次々と出てきた。

彼らに多大な期待を寄せていた田中正造は強い衝撃を受けた。特に信頼しきっていた杉坂留吉に立腹した正造は、知人に送った手紙で、留吉を無頼とか悪魔と呼んで罵倒している。

村人の多くも買収員になった留吉に悪口雑言を投げつけた。嫌われることを覚悟していたとはいえ、その悪感情は予想以上で、トシはしばらく外出もできなかった。

しかし留吉は周囲の悪口を無視し、臆することなく精力的に谷中村内を回り、買収活動に精を出した。どこからそんな活力が湧いてくるのか、トシにはわからなかった。

明治三十八年十一月、栃木県は買収に応じた谷中村の被害民たち十八戸を、国有地開拓のため栃木県那須郡下江川志鳥に集団移住させた。そのとき移住者を引率した役人や買収員の中に杉坂留吉もいた。彼としては買収員になってはじめての大仕事となった。

事前に、県の役人は買収員たちにこう訓示した。

「移住民たちを不安がらせないよう、移住のいいことを宣伝して夢をもたせてください。たとえば、開拓を成し遂げたら一戸あたり国有林野およそ三町歩与える、とか……」

「それは話だけですか。それとも、ほんとうのことなんですか？」

思わず声を張り上げた留吉に、厳めしい返事が返った。

「いやしくも官吏たるもの虚妄の言を弄するものではない」

それを聞いた留吉は、改めて、被害民を救済する仕事についてよかったと思い、熱心に宣伝活動に励んだ。

買収員たちの宣伝がある程度功を奏したのか、十八戸が那須への移住を承諾した。

一方、田中正造は当然のことながら集団移住に絶対反対の立場だった。

「水村にいたものが山村に出るのは、魚が陸に上がると同じだ。生活が一変して到底耐えられるものではない。谷中にいれば貧しくとも生きていける」

しかし正造の説得も時すでに遅く、移住民たちは県に土地を売る手続きを終えていた。県の役人や留吉ら買収員は、移住者を引き連れ、だれにも妨害されぬようにまだ夜もあけやらぬうちにひっそりと村を出た。正造はそれを察知して、下宮の路上で古河町に向かう一行を待ち伏せし、移住を思い留まるよう最後の説得をした。が、聞き入れたものはだれもいなかった。

志鳥にたどりついた移住者は、最初から不運な目にあった。地元住民の妨害にあい、決着が着くまで十日ほども足止めされたのだ。その地は無人の山林ではあったが、志鳥の地元住民の家畜の草刈り場になっていたのである。地元選出の県会議員は、県会で谷中村廃村に賛成したにもかかわらず、いざ移住民が入植するとなると、地元民の利益のため先頭に立って妨害行動に出たのだった。

やっと問題が解決し、入村できてからも草刈り場の権利問題は後を引いた。辛抱強く交渉してようやく示談に漕ぎつけ、協定書を交わすまでにはずいぶん手間取った。

しかも肝心の開拓地は話に聞くとは大違いだった。一見して、こんなところが果たして開拓できるのかと思われるほどの荒涼たる土地だった。

留吉らが任務を終えて帰途についたときは、往《い》きの高揚した気分と打って変って、こんなところに移住者たちを置き去りにする後ろめたさに苛《さいな》まれた。

何をどう間違ったのかを調べるまでもなく、原因はすぐに判明した。県が実情をよく確かめもせずに場所を選定しただけのことである。さらにもっとひどいことが発覚した。

それは移住者たちが谷中村の土地を手放すにあたって、留吉ら買収員が査定した価格と、県が決定した価格とが食い違っていたことである。県は、たとえば畑を山林に、宅地を池沼に偽って安い値をつけ直したのだ。留吉らは勧誘に応じた移住者たちが不利を蒙《こうむ》らないようにと、細心の注意を払って彼らの土地を査定したはずであった。にもかかわらず、県は虚偽を交え、格段に低く査定したのだ。ということは、県は移住者だけでなく買収員までも騙したことになる。

　金を受け取るとき、即座におかしいと気づいた移住者は県に再調査し訂正することを求めた。すると係員は、とにかくそのままにしておき、時期をみて別途出願せよ、そうすれば再調査して金額を訂正するなどとなだめておきながら、いつまでたってもこの約束を果たさなかった。

　初仕事からケチをつけられた留吉は顔色を変え、菊田に訴えた。

「県のやり方はひどすぎます。おれたちまで騙すなんて」

「まあ、そう、うろたえるな」

　菊田はいつものように落ち着き払い、懐から手帳を出して留吉に見せた。

「こんなこともあろうかと、わたしは移住民と交わした契約内容を全部手帳に書き留めておいた。この動かぬ証拠を突きつけて、役人どもに訂正させてやる」

　留吉がのぞきこむと、手帳には移住民らの氏名、土地の区分や買収価格などの数字が正確に記されている。何という周到さ、几帳面さだと留吉は驚き、さすが有能な実務家と言われるほどのことがあると感服した。

　だが内心では、長いものに巻かれる型の菊田がじっさいにこれを役人に突きつけて訂正を求めるような勇ましいことはしないだろうと思った。

　ところが、菊田はそれをやったのだ。証拠を突きつけられた役人はとぼけることができず、後日調査すると答えた。むろん役人側に再調査する気などなく、結局、何の措置もとらずじまいだったが、役人はなめていた買収員に一本とられる形になった。

この那須行きで留吉にとって、たった一つよかったことは、菊田の周到さと勇気を目のあたりにしたことだった。それまで彼に不信の目を向けていた留吉は、よい意味で裏切られた。移住者を助けるためのよき買収員になると言明した菊田は嘘をついていなかったのである。

「菊田さん。おれは、こう言っちゃなんだが、あんたを見直しました」

と、留吉が正直にそれまでの偏見を告白すると、菊田は淡々と答えた。

「役人には証拠もないまま、正義感や怒りだけで嚙みついても相手にされない。ここぞというときに動かぬ証拠をもってなきゃ勝負にならないんだよ。ずるい役人との交渉はこれからもつづく。よく覚えておけよ」

と、まるで兄が弟を諭すような口調であった。

出張から帰ってきた留吉は妻のトシに言った。

「人は見かけによらないもんだぜ」

「え？　だれのこと？」

トシは訊き返したが、留吉は妻を買収員の仕事の話に立ち入らせたくなかったのでそれ以上は言わなかった。

こうして留吉は徐々に菊田に心を開いた。そして時の経過とともに、菊田が噂されるほど変わり身の早い計算高い男でなく、心の奥深いところでひそかな湧き水のような人情味をもっていることを発見するようになった。菊田はその湧き水をめったに人に見せず、出し惜しみしているようなところさえあるので周りからは薄情ものと誤解されるのだが、それは、彼の知性のせいか、人一倍含羞の強いせいか、留吉にはわからない。

一方、荒涼たる那須の原野に放り出された移住者たちは失意のどん底にあった。開拓をはじめてみると、いくら肥料を入れても作物が育たない土地だとわかったのである。といって逃げようがなかった。ほとんどの家が退路を断って移住してきたのだから、ここよりほかに生きるところはないのだ。そう観念して歯を食いしばって開墾し、借金を重ねて肥料を入れても作物は育たない。忍耐にも限度があった。ついに谷中村に身内のいる六戸は逃げ帰った。帰るところのない家は他の地に流れていくか、死ぬ思いで開墾をつづけるしかなかった。

この現実が知れ渡ると、移住者への同情と、そんなひどい土地に調査もせずに入植者を送りこんだ県の責任を問う声が世間で高まってきた。当然県の手先となって移住者を連れていった買収員らを罵倒する声も周辺に満ちた。杉坂留吉もさんざん非難された。

だが、留吉はめげなかった。村民に薦めた那須の移住地はひどく、そのために恨まれることになったが、たまたま那須で失敗したからといって買収員の仕事を辞めるつもりなどなかった。むしろ彼は、次からは決して県に移住民を騙すようなことはさせない、このおれと菊田さんが目を光らせているぞ、と自分に誓った。

県はさらに、明治三十九年にも塩原の接骨木《にわとこ》に四戸入植させた。ここも石だらけで水の出ない土地で、遠く離れた家からもらい水をしなければならない。仕方がないから自分たちで井戸を掘ろうとして、井戸用に掘り下げた穴の壁の周りを玉石で固めるが、壁がもろく、つるべが当たっただけで崩れてしまう。掘り直す。また崩れる。その繰り返しだった。

常時安心して水を得るために、入植者は連名で那珂川が貫く西那須野の村長に水をわけてほしいと申し入れたが断られた。常時が無理なら井戸が涸れてしまう冬季だけでも、と頼んでもだめだった。入植者は万策つきて一戸だけ残して他は撤退した。

入植のとき谷中村からわざわざ運んできた石仏だけが残された。

接骨木のことでも、県や買収員への世間の悪評は渦を巻いたが、留吉たちは耳をふさいで仕事に精励した。どうしたら残留民たちを少しでもよい条件で円満に移住させることができるかを考えるだけで頭がいっぱいだった。

県の役人たちは早く村民を追い出すために、買収員たちにさらに無理な指示を出した。

闇に乗じて堤防を壊したり、村人が生活するために施した溝流の魚漁場を破損し、一匹の魚も獲れなくするなどのことまでやらせた。留吉はなぜこんな非道なことをやらされねばならないのかと、歯噛みしたくなるほど口惜しく辛かったが、中途半端な良心は感傷にすぎないと自分に言い聞かせ、命じられたことに従った。そんな心の内を知る由《よし》もない村人たちは、ひたすら買収員たちを憎み、やがて脅迫まがいの言動までして、買収員に身の危険を感じさせることさえあった。

明治四十年一月、潴水池設置のため谷中村に土地収用法適用に関する内閣の認定公告が正式に出た。郡長をはじめ部屋分署長、巡査は残留民の家を回ってこの法律の説明に大わらわだった。留吉たち買収員に対しても、この法律の名のもとにあらゆる手段をとって残っている村人を一刻も早く追い払え、と命令した。

警官は残留民を鵜の目鷹の目で見張り、村民に少しでも法に触れる挙動があれば理由をこじつけて逮捕した。

それでも出ていかない家が十六戸残った。そこで、我慢もこれまでとばかり、県は明治四十年六月から七月にかけて、十六戸の家を強制破壊してしまった。

しかし、家を破壊されても残留民は壊れた家の跡に仮小屋を作って住みつづけた。彼らから家さえ奪えば問題は解決するものと考えていた県は驚いた。住民のことをよく知っているはずの買収員たちでさえも理解できないことだった。

残留民は、人間の住まいとも思えない、汚くて狭い、今にも吹き飛ばされそうな仮小屋に寝起きし、畑を耕し、川で魚をとって生きつづけている。さらに呆れたことに、何を考えてのことか、すでに移住した元村民までが少数とはいえ舞い戻ってきた。

県は焦った。これ以上村人の数が増えては残留民たちに谷中村復活の夢さえ持たせかねない。そこで別の手を考えた。

土地収用法をもってても追い払えないなら、河川法を準用することで残留民を一掃しようとしたのである。河川法を準用することで思川や巴波川や赤麻沼、瀦水池（元谷中村）の周辺で敷地に固着、占有し、工作物を施設したりすることを禁じれば、いくらしぶとい残留民でも畑を耕したり、川で魚をとることができなくなる。つまり兵糧攻めに遭えば、退散せざるを得ないだろうというわけである。当然残留民は追いつめられた。

杉坂留吉が関久助の家の買収に成功したのは、こんな状況の中でのことだった。

留吉はこの成功に気をよくしたのか、めずらしく仕事の話をトシに洩らした。

「次の目標は、染宮与三郎だ。あの家は長女が大病をしているのに治療する金がなくて困っている。おれは与三郎に、買収に応じれば二百円もらえるようにしてやるから、それで娘を治療してやれと勧めている」

「ほんとに役所から二百円とる自信はあるの？」

トシの目に疑いの色のあることを認めて、留吉は不快そうに、だが少しうろたえ気味で、

「あるさ。必ずとれるように、おれは精一杯役人に掛けあうつもりだ」

よき買収員でありたい留吉は、何としても成果を上げ、残留民の信頼を得ようと必死なのだ。だが、トシは疑っている。これまでだって、彼がよき買収員として誠意を示そうとするたびに役所に裏切られた。役所としては買収員が残留民側に配慮するのはたいへん迷惑だから何とかして裏をかこうとする。染宮家に対しても、やすやすと二百円も支払うとは思えない。二百円払う約束が守られなかったら、また裏切ったと恨まれるのは県ではなく、買収員の夫なのである。人のいい夫はさんざん苦汁をなめさせられていながら、まだ、どこかに役所を信用するところがある。それが気がかりだ。

妻の心配も知らぬげに、留吉は自分に勢いをつけるように、元気よく言いつづける。

「関家は片づいたがまだ十五戸も残ってるからたいへんだ。染宮の次は島田熊吉の家。二年前は買収に失敗したが、今度は成功させるぞ」

「あれっ、また熊吉さんところを？」

島田熊吉の名を聞いて、とたんにトシは悲鳴を上げ、

「あの家の買収話は二度目だよ。おら、いよいよキクさんに顔向けならなくなる」

「馬鹿もん、二度目だろうが三度目だろうが、キクさんが何と言おうと、買収員はだれも特別扱いしねえんだ」

「わかってるけど、二年前のキクさんの顔を思い出すと、辛いよ」

それは残留民の家が強制破壊される前年、留吉が島田熊吉の家に日参して好条件をたくさん並べ、執拗に買収話を進めた挙句、ついに判を押させたときのことだ。

杉坂家と隣家の島田家は代々親しかった。留吉は熊吉の父らとともに高沙にあった村社八幡宮の氏子総代を務めたこともあったし、島田家の主婦キクとトシは年の差はあるがまるで姉妹のように仲よくつき合ってきた。熊吉母子が判を押したのは、それほど親密な隣人が勧めるのだからまさか悪いことではあるまいと、信じたからに違いない。

留吉は島田母子の信用につけこんで判を押させ、無情にも大切な隣人関係を壊してしまったのである。トシは夫が許せず、そのためしばらく夫婦の冷戦がつづいた。

島田家の二男俊三は、母と兄が判を押したことを後から知って驚き、ただちに田中正造に相談した。正造は早速金の工面をし、承諾書の取り戻しに奔走した結果、ようやく契約解除できた。留吉は、せっかく成功させたと思った契約が正造に妨害されて無効にされてしまい、ひどく口惜しがった。

内心ホッとしたのはトシだった。これでキクも機嫌を直してくれるかと期待したが、いったん

壊れた信頼関係は修復できないまま、キクはトシに口もきかなくなった。

やがて杉坂家は古河町に移り、両家の家族が顔を合わせることはなくなったのだが、ある日、トシは偶然、古河町でキクに出会ってしまった。

ハッとして顔をそむけ、立ち去ろうとしたトシをキクは呼び止めて言った。

「買収のことでは今も留吉さんをひどい人だと恨んではいるが、トシさんまで恨んだり憎んだりはしていないよ。だから、たまには谷中村にも来てよ」

トシはその言葉がうれしく、逃げ隠れしようとした自分に比べて何と度量の広い人かと、心底キクを尊敬したのだった。けれども、再び夫がその島田家に買収話をもちかけるなら、今度こそ、キクとは永遠に絶交状態になってしまうだろう。それはどうしても厭だ。

トシは夫の怒りを覚悟しながら懇願した。

「せめてキクさんの家は十五戸の最後にしてもらえんかね。最後に自分の家しか残っていないとわかれば、キクさんも諦めて買収に応じてくれるだろうから」

「最後だろうと最初だろうと同じこった。おれは、まず、おれが総代だった内野部落から早くケリをつけたいんだ」

「おや、まあ、あんた、まだあの村の総代のつもりなの？」

とっくに谷中村を去ってしまった買収員の身でありながら、部落の総代気取りはこっけいだ。あんたは一体何を考えているのと言いたいトシだが、今このときに至っても部落の総代という心のくびきに縛られている夫を、痛ましく感じずにはいられなかった。

# 4

それから二年が過ぎ、留吉が買収員として活動を始めて六年になった。十五戸の残留はまだつづいている。

他方で、明治四十四年に、新たに旧谷中村堤外地の買収が始まった。これは四年前に堤内地の家が強制破壊されたころには買収対象にならず、五十戸がそのまま残っている地区である。かねてから計画されていた渡良瀬川の水を赤麻沼に流しこむつけ替え工事がいよいよ着手されることになり、堤外地の住人も移住させる必要が出てきたのだった。今度は内務省の買収である。

ここの買収額提示は堤内の買収額の四倍だったから、交渉は以前ほど難航しないだろうと思われた。トシでさえも、夫がこれまで堤内の買収で味わったような残留民との激しく辛い攻防戦はしないで済むだろうと楽観していた。

だが、留吉は元気がなかった。朝起きてまずそうに食事を済ませ、トボトボと肩を落として出勤していき、帰ってきて、疲れたなあ、と言い、横になる。

トシは、うす暗い吊りランプの光に照らされた夫の眉間や目尻や頬のあたりに数え切れないほどたくさん走っている深い皺を発見して、この人はこんなに皺の多い人だったろうかと驚いた。結婚以来いつも日焼けした顔をつやつやと光らせ、四十代になっても万年青年のような張りのある声や表情で仕事に熱中していた人だった。買収員になってからも、どんなに辛くても弱音など一切吐かず、表面的には精悍そのものに見えていたのに、ここにきてにわかに増えた皺の多さ、深さは何としたことか。髪にも白いものが多くなった。

それに留吉は愚痴っぽくもなった。それまでは仕事のことを妻に話そうともしなかった彼が、最近ではときおり、ポツンと繰り言めいたものを洩らす。これらの変化は、恐らく、五十代にさしかかった夫の肉体的、精神的な衰えによるものだろうと思いつつも、他の理由もあるとトシは感じている。

今日も出張先の藤岡町で気が滅入ることがあったと、帰宅してトシにぼやいたのは次のような話である。

留吉が、ギラギラと真夏の太陽が照りつける藤岡の町を、流れ出る汗を拭きながら歩いていたとき、偶然、知人の家の前に出た。その人が谷中村からここに移住したとき、留吉ができる限りの骨を折った結果、かなり好条件で土地を売ることができた一人だった。

運よく、その人が庭にいたので留吉は思わず声をかけた。

「よう、しばらく。悪いが、水を一杯馳走してもらえんかね。喉が渇いちまって」

するると相手は留吉をジロリと見て、

「おめえさんに飲ませる水なんかねえよ」

と言い放ち、さっさと家の中に入ってしまったという。

「体は暑さで燃えるようだが、その一言で心はいっぺんに冷えちまった」

「で、あんたどうしたの」

「どうもしねえよ。よほどそいつを引っとらまえて、そんな言い草があるかと、文句を言おうかと思ったが、できなかった」

トシは慰めようがなかった。不人情なあしらいを受けた夫の無念はわかるが、これしきのことで妻に愚痴ることのほうが心配だった。留吉はこれまでどんなに屈辱的なひどい罵詈雑言を浴びせられてもはね返してきた。あの強靭さはどこへいったのか。

留吉のぼやきはさらにつづく。

「おれは買収の仕事を精一杯やってきた。きっとそれが村人を救うことになると信じてたからな。事実、それで救われた人もいるはずだ。もちろん、そのことで感謝されようなどとはつゆほども思ってはいねえが、せめて陰ながらでも、移住の手伝いをしてもらってよかった、今は新しい土地で何とかうまくやっているという明るい話を聞きてえと思う。だがそんなホッとするような話は風のたよりにさえ聞かれねえ。聞こえてくるのは不平不満、恨み言ばかりだ。今日のように、喉が渇いても水一杯もらえねえ。おれがあの男に何をしたっていうんだ……」

トシは夫が哀れになってそれ以上聞いていられなくなり、

「あんた暑さに参っているんだよ。おらといっしょに酒でも飲んで気晴らししよう」

と、笑顔を作って台所に立った。

夫がこうまで気弱になった理由の一つは、きっとあのことだとトシは推察する。

それは何カ月か前、末の息子が、大事にしている釣竿を友だちにとられそうになり、泣いて帰ったことに始まる。

息子が言うには、とられた釣竿を取り返そうとして、「泥棒」と叫んだ。すると釣竿をとった少年がすかさず言い返した。「おめえのお父《とう》だって泥棒じゃねえか」「そうじゃねえ」「いや、そうだ」と言い合ううちに、少年の仲間までが加勢して、「おめえのお父は泥棒だ」とはやし立てる。多勢に無勢、太刀打ちできなくなり、泣いて帰ったというのである。

それを聞いたトシは激怒して、少年の家に抗議に行こうとしたとき、息子が、澄みきった目で、「あいつら、うちのお父が他人の魚獲りの道具を盗んだと言った。そんなこと絶対嘘だべ？　な、嘘だべ？」と二回も念を押した。

そのとたん、トシは全身から力が抜けて座りこんでしまった。夫の留吉には確かに漁具窃盗事件をおこした過去があるのだ。

三年ほど前、漁業によってやっと生活をしている貧しい谷中村民たちの命綱ともいえる大切な簾、網、筌などの漁具が盗まれる事件があった。それは県の役人の指示するまま、村民たちを少しでも早く立ち退かせるために留吉ら買収員が夜陰に紛れてやったことだった。やがてそのことが発覚し、被害者たちが告訴したため、買収員らはあわてて盗んだものを返したのだが、その中の良好なもの、たとえばよくできた筌などは返さなかったという噂が仲間内でも流れた。筌というのは、細い割竹を編んで、筒または底なしの徳利の形に造り、入った魚が出られないように口に漏斗状などのかえしをつけたものである。

当時トシは、夫が告訴された段階ではじめてその所業を知り、役人の指示とはいえ、泥棒までしたのかと愕然とした。さらに夫が盗んだ漁具を返さない一人だと噂されるに至っては、トシは自分の犯行でもあるかのように恥ずかしくて人前に出られなかった。留吉を問い詰めると、彼は漁具を盗んだことは認めたが、すべて返したと主張した。

この事件は、うやむやのまま終わった。だが、噂は消えたかに見えて親から子どもへと伝わり、何も知らない息子に悪魔のように襲いかかったのである。

留吉は衝撃を受け、とばっちりを受けた息子にどう詫びればいいのかわからなかった。

彼は自分が息子にまで災いをもたらすような愚かな行為をなぜしたのか、自分でも理解できずにいる。あの当時、自分は何に憑かれていたのだろう。村民を一刻も早く地獄のような土地から救い出そうとする使命感か、あるいは、こちらの誠意を解さない頑固な村人に対する怒りだったのか。それとも頑固な村人の背後にいる田中正造への憤懣だったか。結局のところ、自分たちがやった盗みは役人を助けただけで、村の人のためには何一つ役に立たなかった。そんなことになぜそのとき気づかなかったのか。

繰り返し、繰り返し、留吉は愚かだった自分を責め、後悔の念に鞭打たれている。

留吉は一方で、買収員をそのような犯罪行為に駆り立てた県の悪辣さを憎んだ。いやしくも官吏たるもの虚妄の言を弄するものではないと明言した役人を信じてしまったのはなぜか。村の総代だったころから何回も県に煮え湯を飲まされたというのにそれを忘れ、溺れるものは藁をも摑むの心境で性懲りもなく信じた愚かさ。いや、信じろと自分に言い聞かせなければ、心の均衡を保てなかったのかもしれない。その心理を巧みに利用した官吏のほうが二枚も三枚も上手だったのだ。

もう一つ、留吉の心に影を落としている最近の出来事がある。

留吉は、県の買収が始まった明治三十八年ごろに土地を売って移住していった旧谷中村民から次のような言葉を投げつけられた。

「杉坂さん。今度始まった堤外地の買収補償はおれたちのときの四倍も高いっていうじゃねえか。あのころ、おれたちはすべて県や国のためだと買収員に言いくるめられて、ほんの涙金で、ずっと住んでいたかった谷中村から放り出された。土地を売れば後には何も残らねえ。お蔭でいまだに貧乏から抜けられず、満足に子どもにめしも食わせられねえ。堤外地と比べて何でこれほど差別されるんだ。おれたちは我慢ならねえ」

「確かにあのころ土地を売られた方々にはたいへん不公平で、お気の毒だと思います」

「お気の毒？　それで済むかよ」

「でも、今度の渡良瀬川改修事業は、国の直轄でして……」

「国がやることならおめえら買収員に責任はねえと言うのか。ふざけるな」

側にいたこの男の連れも興奮しはじめた。

「そうとも。同じ買収員がやることだ。県の事業も国の事業も関係ねえだろ。責任とれ」

どう責任をとればいいのか、留吉は困惑するばかりである。彼自身は買収員になるかなるまいか迷っていたときで、当時の買収価格の決定にはまだ関与していない時期だったから直接の責任はないのだ。

それに、息巻いて文句を言っている男たちは今も貧乏だというが、その実、結構家が豊かなのを留吉は知っている。多分、堤外の土地が高いと聞いて欲が出てきたのだろうと思った。だがそのことを言うわけにもいかず、ひたすら頭を下げたが、何でおれが謝らなくてはならないのかと腹が立った。

そんなことなどがいろいろ積み重なって留吉を憂鬱にしているのだった。

それからひと月後、元谷中村堤内の住人三十一名から一通の請願書が県に提出された。

「明治三十八年以降、低い補償金で他へ移住したものと今回の堤外の補償金とを比べてあまりに不公平で差があるため、当時の賠償金を返すから土地を返してほしい」という趣旨だ。

トシが驚いたことに、菊田省吾、夫の杉坂留吉、ほかに現在買収員をしているものも請願書に名を連ねるという。しかも、その草稿を文章作りのうまい留吉が書くというのである。

「土地を買い戻すというのは名目で、本音は、当時の額の上積み分を求めることだべ」

頭のめぐりの速いトシがそう言うと、留吉も苦笑いしながらうなずいた。

「おれもそう思う。だが菊田さんがこう言うんだ。おれたちは、買収年月の違いとか、今金を持っているとか、貧乏とかを区別せず、安い補償金で移住させられたもの全員が被害者と考え、この際、せめて上乗せ分をとれるよう請願書を書こうじゃねえかって。それがおれたち買収員にできる償いの一つになるんじゃねえかって。おれはその言葉で目が覚めた気がした」

「また、菊田さん、だね。あの人、そんな恰好のいいことを言っても、いざ請願書を出すとなると、一、抜けた、と逃げ腰になるんじゃないの。なんせ、変わり身が早いから」

トシは夫から細かいことを知らされていないから、いまだに菊田を信用していない。

「おまえはまだ菊田さんを悪者のように言うが、あの人はいい人だ」

「ほんとかねえ」

「この間だって、菊田さんが急に言ったんだ。その後の那須の開拓地を一度見に行かねえかって。なぜ、と訊いたら、あの開拓地の件でわれわれ買収員はひどく恨まれた、それが今も心に引っかかってる、現在もひどい土地のままか、少しは開拓が進んだか、実際にこの目で見てえって」

「へえ？　菊田さんが？　でも、今さら現地を見てどうするんだろうね」

「状況によっては、県に文句を言い、謝罪させたいのだそうだ。そのためには、事実をつかみ、しっかりと証拠固めをせねばならんのだ、と」

「まあ、口では何とでも言えるよ」

「人は見かけとは違った面があるもんだ。菊田さんの心の奥底にも……」

留吉は、菊田の心の奥底にだって人には見せないひそかな湧き水があるんだ、と言おうとしたが、照れくさくて言えなかった。

トシは菊田のことなどどうでもいいというような顔をして、

「それにしても皮肉だね。むかし、あんたは築堤委員としてよく請願書を書いていたが、今度は買収員の立場で請願書を書くとはねえ」

留吉は苦笑して頭を搔く。

「先のことは読めねえもんだ。おれだってこんなことになるとは思ってもいなかった」

「ところでまじめな話……」

「何だ」

「請願書を出すということは、県に注文をつけること、楯突くと言ってもいいようなものだから、あんたたち連名の買収員はクビになるんじゃないのかね？」

「クビになったら困るか？　また貧乏暮らしに逆戻りは厭か」

からかうように留吉は妻の顔をのぞきこむ。

「厭だ」

トシもいたずらっぽい表情で返した後で、

「貧乏は厭だけど、子どもたちのためには、あんたがクビになったらホッとすると思う」

トシは、釣竿をとられそうになり、泣いて帰った末っ子のことを思い出しながら言った。息子の口惜しい気持ちは、トシ自身の気持ちでもあった。

思えば六年もの間、夫婦は心を一つにしてこなかった。トシはいつまでも夫が買収員であることを認めたくない気持ちをひきずっていて、時には他人と同じ側に立って、夫を非難したり、意地悪く当たったりもした。その後きまって自分が厭になった。逆に、村民から夫が侮蔑的な言葉を投げつけられたときは、夫が可哀想でならず、必死にかばい、出しゃばりと言われようと弁明して歩いたこともあった。夫を突き放したり、包みこんだり、愛憎の二色ともいえる波に翻弄されつづけた。夫がクビになれば元の屈託のない、心が一つの夫婦に戻れるのではないだろうかなどと考えるトシに、

「おい、どうなんだ。ボンヤリして何考えてる」

「別に」

留吉は何を勘違いしたか、顔を引き締めて言った。

「言っとくがな。おれは今でも買収員の道を選んだことを後悔してねえ。それに、田中さんの考えが正しかったと思ってるわけでもねえんだ」

「じゃ、どうすればよかったの？」

「うーん。どうすりゃよかったのか、今もその答えが見つかっていねえんだが」

「………」

夫がどうすればよかったのか、トシにも答えは見つかっていない。

「ところでこの間、菊田さんに言われたんだが」

留吉が急に話題を変えた。

「菊田さんちの庭の柿にやっと実がなったって、おっか様に伝えてくれだと。ふふふ、おめえのことをおっか様だとよ」

留吉は自分のことのようにはにかみながら、

「だけど、何で柿なんだろう」

「菊田さんちの柿がなったの？　もう八年たったのかしら。律儀な柿ですね、と菊田さんに返事して」

何も知らない留吉は、自分だけに通じない柿の話に不審顔である。

翌年、杉坂留吉と菊田省吾は、じっさいに那須郡下江川志鳥へ視察に出かけた。そこは今も荒野に近い状態で、残っているごく少数の移住民の悪戦苦闘はなおもつづいていた。

杉坂留吉と菊田省吾の悔恨は深かった。二人は当時役人に命じられるままに、これほどひどい地に移住者を誘《いざな》った罪をどう償えばいいのかわからなかった。

## 5

大正二年三月にようやく旧谷中村の堤内、堤外全体の買収事業は終了した。

その年、いずれも県の買収員の任務を完了したものたち五名の連名で、栃木県知事岡田文次あてに「藤岡、古河町民より岡田知事への陳情書」と題する美濃紙十枚ほどもある長文の陳情書が提出された。

陳情書は、かつて天下に誇れる沃土だった谷中村がたび重なる渡良瀬川の洪水、鉱毒のため荒廃し、ついには瀦水池にされてしまったいきさつから書き起こし、自分たちがなぜ、買収員などという人に恨まれるような役割を担ったのか、そのときの状況を縷々《るる》述べ、自分たちの責任を痛感するとともに、今後の元村民らへの県の善処方を陳情している。

……回顧すれば、明治三十八年中下郡長吉屋雄一氏と土木課長堀内誠之助氏は谷中村買収のことでしばしば谷中村に来、われわれに対して瀦水池設置事務員となって本県のために尽くすよう説かれました。しかれどもわれわれは最初、果たして県の方針が谷中村民に対して万全の策か否か疑ったため、容易に郡長土木課長の誘導に応じなかったのですが、今思えば種々なる甘言を弄してわれわれを説破し、中でも最もわれわれの心を動かしたのは、谷中村を買収するとはいえ、かねてから県告諭の通り村民救済を目的とするものであるから、土地物件を補償するとも、権利は依然として元所有者にあり、県においてはただ築堤せぬのみ、これすなわち補償たるゆえんであると。また補償を受けたものには貧富を問わず移住費を与え、移住地は任意の選択に任せるが、移住地希望者には国有林野を一戸およそ三町歩くらい下付するものであると説いたこと。果たしてまことかと質すと、官吏として虚妄の言を弄するものではないとのこと。その言を信じ、ついに潴水池設置事務員の嘱託を受けました。いよいよこの任を帯びた以上、まずもって村民のため、また職務のため四囲の反対を排し、田中正造翁には口を極めて罵倒されつつ、またあるときは反対者に白昼農道具の鎌をもって追われ、あるいは争い、虎穴に入る思いをなしつつ、十月の候夜半膝を没する水中を厭わず、警察官の護衛を受けながら、第一期の移住承諾者十八名を説得し、那須郡下江川村大字志鳥に移住せしめんと暁に谷中村を出発しようとしました。

その刹那、田中翁がいく手をさえぎり、得意の悪口をもってこれを止めようとしました。このときの光景は実につたない筆では書き尽くせないほどです。しかし、ここに至って如何《いかん》とも詮なく涙を呑んで無二無三にその場を突破して下江川村に至れば、村民の反対すこぶる激にして、その当時県会議員だった矢板博三郎は一方県会においては買収賛成だったにもかかわらず、移住民反対の急先鋒となり三、四百の村民を引率して移住者の小屋掛けを拒んだため、移住者たちは坂本屋という家を借り雨露をしのぎながら待つこと十日にしてようやく両者の間で折り合いがつき、契約できることになりました。

このように移住者は村を追われ、移住すればその土地の反対を受け、ほとんど路頭に迷うような有様。まったく人民われわれに対し甘語欺瞞のうちに買収せられたものです。欺瞞の買収の一例をあげれば、大字内野松本直乃進の立派な土蔵まで建ててある宅地を池沼と調査し、その値段による補償をしたこと。買収すでに半ばを過ぎたころ、また内野地区では麦作の収穫を得ようと民費をもって急水留を半ば築いたのに、無情にもわれわれを教唆してそれを破壊せしめせっかくの麦作を収穫できないようにしたこと。またあるときは村民が生活の資にするため施した溝流の魚漁場を破損し一匹の魚も獲れなくするなど、その処置の不当不法酷烈、血あり涙あるもののすることでしょうか。そのためわれら買収員は村民に告訴され法廷に立ったこともあります。また南犬飼村字国谷移住のときは手を替え品を替えして勧誘しても承諾しないので、彼らの物件価格をひそかに増したり、村の中流以上の人なのに移住地を与えて承諾させたりしました。一方で文句を言わないものには移住地はおろか移転料も払わないなどの不公平、偏頗《へんぱ》な処置をとりました。また強制破壊のときの容赦のなさは言いようもありませんでした。これらほとんどの暴虐の行為は一にかかって当時の白仁知事をはじめ郡長土木課長、柴田県属らがわれわれを欺き、われわれをしてまた村民を欺かしめたと言っても過言ではありません。よって今日になっても当時の事務員であったわれわれに対して旧谷中村民怨嗟の声はつづき、当時の欺瞞虐待を責められ、ややもすれば危険すら感じ、心休まる日もありません。われわれも欺かれてしただけのことですが村民に対して絶体絶命不面目この上ない次第です。

このような残酷なことをした当時の白仁知事をはじめ郡長土木課長、柴田県属らには謝罪してもらいたいが、それができないならわれわれ委員の首を斬るなりどんな処分を受けても覚悟の上です。どうか公明正大なる岡田知事閣下には前述の次第をご高察の上ご同情いただき、旧谷中村民が先に請願したことについて御詮議の上、われわれ、また谷中村民の苦痛を取り除いてくださるよう、お願い申し上げます。

大正二年三月

五名の住所　氏名　略

栃木県知事　岡田文次殿

このような陳情書が出たことを、同じ年の九月に病に倒れ死去した田中正造は知らない。

杉坂留吉は正造の葬儀のとき、古河町における葬儀委員に名をつらねている。

トシは夫が祖父の位牌の裏に田中正造の写真を貼って仏壇に祀っていることを知っている。

# 第四章　勝子

## 1

田中正造が自分の妻勝子について話すことはほとんどないから、谷中村の村人たちは彼女のことをよく知らないのだが、だれが言ったか、田中さんの奥様は大変な美人で、賢夫人なのだが、いつも夫に放っておかれ、子どももなく、孤独で可哀想な人、それでも不満一つ言わないで夫を助け、家を守り、親たちの世話をする、まさに貞女の鑑そのものであると、称賛と同情の入り交じった噂が流れている。

福田英子は、田中正造の熱烈な支持者として谷中村を訪れるようになる前から、正造が運動のために家庭を顧みないという話は聞いていた。噂はともかく、正造のように長らく壮絶な戦いをつづけている人が家庭を顧みることができないのはいわば宿命だと英子は思っていた。英子自身もかつては自由民権運動に身を捧げ、さまざまな困難を乗り越えてきたから、正造の私生活よりは正造の正義の闘いの軌跡のほうに心を奪われていた。

彼の軌跡はこうである。

田中正造は天保十二年十一月、下野国阿蘇郡小中村に名主の長男として生まれた。文久三年、二十三歳のとき、近隣の部落に住む十五歳の勝子を見初め、結婚した。馬鹿義俠といわれるほどの、いささか正義感過剰の変わり者という評判の正造を、勝子の両親や姉は不安がったが、当事者同士が相思相愛であれば仕方のないこととして結婚を認めた。

結婚したころ正造は領主六角家の暴政と闘いはじめた。闘いの決着がつくまで五年もかかり、最後には投獄された。ようやく出獄したと思ったら、彼は自ら遠い江刺県花輪支庁の役人になるべく、一人で旅立つ。勤務地でも持ち前の正義感を発揮し精勤するも、一年後には上役を殺したという冤罪を着せられ、またも獄に繋がれた。

苛酷な獄中生活を経て二年九カ月後、正造はようやく無罪釈放となって帰郷した。

家に帰った正造は勉学といくつかの商売に励み、今度こそ新妻とともにふつうの生活を送るのかと思いきや、彼はまもなく自由民権運動にのめりこんで東奔西走する身となった。そして同志に推されて県会議員に立候補し、四期連続で当選。さらに立憲改進党に入党し活動するうち、横暴な三島通庸《みちつね》県令の圧政と熾烈な闘いを始めた。三島は報復的に、当時おきた加波山事件に正造が無関係であるにもかかわらず、関係者として彼を投獄した。三カ月後に釈放された正造はその後、県会議長となる。

ついで明治二十三年に行われた第一回衆議院選挙に立候補し当選。以後六期連続当選。明治二十四年の第二回帝国議会ではじめて「足尾銅山鉱毒被害者の儀につき質問」をした。それ以来被害民とともに足尾銅山鉱業停止運動を開始し、議会で奮闘すること十年、孤軍奮闘しながら繰り返し足尾銅山鉱業停止を政府に迫ったが、相手にされなかった。

明治三十三年、ついに彼は議会を見限り、国会議員辞職、天皇直訴へと突き進む。

最終的には明治三十七年、単身谷中村に入村し、村の復活に生涯をかける決意をする。

こうしたいくつもの長い闘争は、いずれも彼のやむにやまれぬ正義感から発している。

一方、英子は明治三十九年以降、田中正造の支援者として谷中村を訪れることが多くなってから、ようやく正造の陰にかくれて献身する妻の勝子の存在に注目するようになった。

かつては、正造のような運動家が家庭を顧みないのは宿命的な成り行きだと他人事のように眺めていた英子だが、勝子についていろいろ聞くうちに、放ってはおけない気持ちになった。少なくとも婦人解放運動家である自分は、男としての田中正造の勇敢さや正義感だけを評価するのではなく、陰で忍耐強く夫を支えている女性勝子の立場にも視線を注がねばならないのではないか、と思うようになったのである。

そういう意識をもってよく調べてみると、噂通り、勝子は賢夫人で貞女の鑑であることはまちがいないのだが、英子にとって貞女というものには何やら封建制度時代の匂いがした。

正造の長い不在の間、勝子は、本来なら一家の主人である正造がやるべきことを代わりにやらねばならなかった。小中村での勝子は家の隠居所で雑貨の店を営み、細々と得た金を家計の足しにして、夫の親たちに孝養を尽くした。政治活動を始めてからの正造には常に金がなく、父親が亡くなったときは葬式代を工面するのにさえ頭を痛めるほどだったが、そのとき勝子は自分で貯めた金をはたいて、葬式代や菩提寺の墓石代をまかなったという。

しかも勝子は夫を助けて外での活動もしている。明治三十三年の大洪水のとき、正造は勝子に鉱毒被害甚大地だった海老瀬村へ行き救援活動をするようにと指示してきた。子どもの出生、死亡、母親の乳の出具合など、婦人問題の調査は男より女のほうがよいという理由からだった。勝子はそのとき五十歳を越していたが、リウマチの痛みに耐えながら、泊りがけで被災地内を三十戸も歩き回り、状況をつぶさに調べて夫に報告した。その翌年も現地入りして、救済活動や義捐《ぎえん》金《きん》集めをした。体の弱い勝子にとってそれらはたいへんな重労働で、一時は倒れてしまったという。

しかし周囲の人々の目には、正造がそれほど献身する妻に感謝もせず、尊重もせず、いつもないがしろにしているように見えるらしい。その証拠に、彼ら夫婦の結婚生活はやがて五十年になろうとしているのに、ともに暮らしたのはたった三年足らずだという。

そんな馬鹿なことがあっていいのかと、英子は憤慨した。

婦人解放運動を長くやってきた英子は、男女平等を声高に叫びながらも家庭では旧態依然として妻を忍従的立場においている男たちをたくさん見てきた。もしかして田中正造までが建て前と本音の違う男の類だとしたら許せない。正造を心から尊敬し、彼の運動を精一杯支援したいと思う気持ちに偽りはないけれど、それはそれ、正造がやることなら何でもよしとするわけにはいかない。是は是、非は非として、正造の妻への態度を改めるよう進言しなければならない、と一本気な英子は思った。

英子はその気持ちを、同居している石川三四郎にぶつけた。

「わたし、勝子さんという人が気の毒でたまらないわ。噂では、田中夫妻の結婚生活はやがて五十年になろうとしているのに、ともに暮らしたのはたった三年足らずですって。これは虐待よ。西洋では夫婦の別居が長いだけでも離婚の理由になるというわ」

「西洋は西洋。日本では別居が離婚理由なんかにならないでしょう。まして、田中さんには通じない話」

「別居が長いだけじゃない。田中さんは何カ月ぶりかで小中村に帰っても、家を素通りしてどこかへ行ってしまい、それっきりまた何カ月も帰らないこともあるんですって。いくら忙しくても夫婦なら、久しぶりだな、元気か、体に気をつけろ、とか声ぐらいかけるのがふつうでしょう。それもしないなんて奥さんを人間として尊重する気がないのよ」

「それは……どうかな」

なかなか話に乗ってくれない三四郎に、英子は苛々《いらいら》して、

「田中さんは留守の間、親たちの世話や家政はすべて奥さんに押しつけ、生活費も渡さないんだって。扶養の義務を放棄してるわ」

「田中さんに金がないのはだれもが知ってます。勝子さんにはだれかが援助してるんでしょう」

「金がないなら、せめて気持ちの上で妻をいたわるくらいのことはできるでしょう」

「他人にはわからなくても田中さんなりにいたわっているかもしれない」

「とてもそうは見えないわ。わたしが奥さんの病気のことを訊いてもどこがどの程度悪いのかはっきりわかっていないようだし、いつか、わたしが奥さんの名前を訊いたら、ええと、と頭を抱えているの。奥さんを放ったらかしにしてるから名前まで忘れてしまうのよ。さすがに恥ずかしいと思ったのか、冗談めかして、愚妻という名でがんす、だって」

「アハハ、田中さん、頓智《とんち》がありますね」

「笑ってる場合じゃない。人権無視もいいところ。わたしはね、もう少し奥さんを大事にするように田中さんに忠告しようと思うの」

英子の鼻息に、三四郎はあわてて、

「姉さん、余計なことをしてはいけません。ふつうの男が細君を放ったらかしにするのと違って、これだけ長く壮絶な運動をつづけている田中さんが、細君のことをいちいち気にかけていられないのは当然でしょう。別居が長いとか、奥さんの名前を忘れたからって人権無視と決めつけられては、田中さんはたまらない」

三四郎は、万朝報の記者だった英子の亡夫、福田友作の後輩である。英子より十一歳も年下なので、彼女を姉さんと呼ぶが、精神的には三四郎のほうがずっと兄で、ともすれば一途に突っ走ろうとする英子を引き止める役割を果たしている。英子は三四郎のおだやかな性格や冷静な思慮分別を信頼しており、彼の言い分には素直に従う。

「わかりました。じゃ、田中さんには何も言わない。わたしは忍従を強いられている勝子さんを解放してあげたいと思ったんだけど」

「仮に忍従であっても、それが勝子さん自身の意思ならば、余計な口出しはいけません」

三四郎はくどく念を押した。直情径行型の英子が正造夫妻の私生活に容喙《ようかい》していささかでも正造の運動に差し支えがあってはならないと心配するのだ。

社会主義者の三四郎は『平民新聞』や『世界婦人』がらみで何度も入獄しているが、わが身が獄中にあるときでさえ、田中翁は無事かと、英子に手紙で問い合わせてくるほど熱烈な正造支持者である。

英子は三四郎の説得で田中夫妻のことに口を挟まないように我慢していたが、しばらくするうち、どうしても黙っていられない事態がおきた。

勝子が一人で守ってきた小中村の隠居所を、正造が村に寄付してしまったため、勝子は住むところを失い、桐生の姉の家に身を寄せる羽目になった、と聞いたのである。

「あんまりだわ。勝子さんに舅、姑、それに義理の姑の世話をさんざんさせて、家計の足しに雑貨の商いもさせたその家を、義姑が亡くなったとたん取り上げて、勝子さんを実家に引き取らせるなんて、ひどすぎる。村には同情して勝子さんに小さな家を準備しようと言った人もいるそうよ。だれが聞いてもむごい話だもの」

またそんな話か、と、逃げ出そうとする三四郎をつかまえ、英子は、

「女三界に家なしと言ったのは江戸時代の話。明治の今の世で、住むところのない妻を姉に押しつけるなんて、時代錯誤もいいところだわ。桐生のお姉さんの家は実家とはいえ、親はもういな

いのだし、どんなに迷惑なことか。ねえ、そうは思わない？」

返事を強要されて、三四郎はしぶしぶうなずき、

「まあぼくもそう思うけど、勝子さんが納得しているのなら仕方がないでしょう」

「あなたは、いつも勝子さんの意思だと言って、わたしを黙らせようとする。でも勝子さんがそんなこと望むはずがないでしょう。絶対、田中さんの独断よ」

「すぐそうきめつけるのが姉さんの独断。常識的には夫婦は一心同体です。いちいち話し合ったり、気を遣い合ったりしなくても、主人が決めたことは二人で決めたことと同じだと、聡明な勝子さんはそう考えて、事を荒立てないのがわからないのですか」

「三四郎さんらしくもないことを言うのね。夫婦は一心同体なんかじゃない。ちゃんとした別々の人格だわ。いちいち言葉や態度で表さないと伝わらないことが多いのよ」

「婦人解放家の立場から見ればそうであっても、田中さんの運動は勝子さんの無償の愛で成り立っているんですよ。いいですか。それを壊す権利はだれにもない」

無償の愛？　思わず英子は三四郎の端正な顔を見つめる。三四郎と英子は夫婦ではないが同居している。英子は彼に恋しているが、三四郎はどうなのか。誠実ではあるけれども、彼に自分への愛情があるのかどうか確かめることができずに、英子は苦しんでいる。

田中夫妻の問題から自分たち二人の問題に飛び火しそうな気配を感じて、三四郎は急いで話の方向を変えた。

「とにかく田中さんは一刻も早く私有財産を処分したいのですよ。困窮を極めている谷中村の

人々は、財産をもっていたり、表には見えなくても隠し財産をもっている人を心から信用しない。自分たちと同じに丸裸になれる人だけを信用する。これが田中さんの信念なのです。たとえ妻の住んでいる家でも、私有財産だから残しておきたくないんですよ」

「それはわかる。でも、それは田中さんだけの信念で、ふつうの人の感覚では通じない信念だわ。あれじゃ勝子さんを物のようにたらい回しするように見える」

「たらい回しにする気がなくても、田中さんにはほかの方策がないのでしょう。勝子さんだって人形じゃない。田中さんの苦しい胸の裡《うち》はわかっているはずです」

「勝子さんは貞淑だから田中さんに逆らえないのよ」

と英子がどこまでもしつこく言うので、しまいには日ごろおだやかな三四郎も声を荒らげ、

「そんなに勝子さんのことが気になるなら、じかに勝子さんに会い、あなたが横暴なご主人の犠牲になっているのなら、勇気を出してご主人に反乱をおこしなさい、行くところがないならうちへいらっしゃい、と唆《そそのか》してみたらどうですか。ぼくはいつでも部屋を明け渡しますよ」

三四郎は出獄しても住むところがないから福田家に居候しているのである。

「そんなこと……」

英子は涙が出そうになる。わたしの気持ちをわかっているくせに、何と残酷な言葉。

だが、次の瞬間、ふと思った。そうだ、彼の言う通り、ほんとうに勝子に会ってみようか。みじめな勝子に自分は何もできないが、せめて女同士で語り合うことができれば、気持ちだけでもつながり、勝子を慰められるかもしれない、と。

折も折、英子は谷中村残留民が開く強制破壊記念日のささやかな集いに招かれていた。それに出席したのち足を延ばし、小中村を訪ねればいい。谷中村から小中村は結構遠いが、東京から改めて出直すよりはずっと効率がいい。またとないよい機会だと思った。

決心して間もなく、その日がきた。谷中村へ行って知り合いの人に聞いてみると、勝子はまだ小中村にいるという。

英子は集まりが終わるとすぐに藤岡町へ行き、その夜は町の宿で一泊して、翌朝早く、小中村へと急いだ。勝子を訪問することは正造にも黙っていた。

正造の生家は祖父の代からの名主というが、家はふつうの農家程度の構えで、屋根は茅葺きの質素なたたずまいであった。平屋の母屋は早くからある医師に貸し、田中家の家族は表の道に面した二階建ての隠居所に住んでいた。今は親たちも亡くなり、勝子はたった一人になった。

英子が訪ねたときは、引っ越し直前の状態で、どの部屋もすっかり整理され、日用品もほとんど見当たらない。ガランとした一階の部屋に晩夏の朝の日差しがひんやりと差しこむ中で、二人は初対面の挨拶をした。

「わざわざおいでくださいましたのにこの通り空き家同然、何のおかまいもできませず」

勝子はていねいに挨拶した。低く細い声である。

「こちらこそ突然お伺いしてすみません」

自分より十五歳ほども年上の六十代と聞いている勝子の前で、英子はさすがに緊張を覚えた。

勝子はジッと英子を見つめ、

「福田さんにはたいそうお世話になっていると、田中が申しております」

「いいえ、こちらこそ田中さんにはいろいろご指導いただいております」

「遠い東京から何度も来てくださるのだそうで」

「とんでもない。わたしはそうたびたび谷中には行っておりません。貧乏暇なしでして」

「わたくしなど近くにいながら、なかなか現地には行けなくて申し訳ないことでして」

「お体の具合がよくないと聞いていますが……」

「リウマチがよいときもあれば悪いときもあって困ります。主人も以前は、なぜ谷中へ来て自分の仕事を手伝わないのだと、わたしを叱ったこともありますが、ほんとうに具合が悪かったのです。今はもう何も言いませんが」

病身の勝子が今谷中村に入ることはない、と英子も思う。

残留民の家の強制破壊後は、正造さえもゆっくりできる家がなく、食事にありつけないこともあるのだから、勝子が行ってはかえってみんなに迷惑をかけることになるだろう。

それきり沈黙が流れた。人の話によると、勝子は謙虚でしとやかだけれども夫の微妙な立場を弁《わきま》えるせいか、言葉少なで、いささか取りつきにくい感じの人だと言われるが、ほんとうにその通りだった。紺色の木綿の着物をキリリと着て、身なりにも表情にもスキがない。ただ、しきりに袖の上から腕をさすっているのが気になった。リュウマチが痛むのだろうかと英子は思った。

そのとき、不意に、印半纏を着た作業員ふうの男が玄関口に現れて、勝子と英子が話している板の間を透かし見しながら、大きな声で訊いた。

「奥さん、この棚はどうするべ？」

「ああ、それはそのままにしておいて。だれかが使うでしょう」と勝子は答えた。

英子がそちらを振り向くと、もとは店先だったと思われる場所の壁際に古ぼけた大小の棚がいくつか残されているのが見えた。作業員が去ると英子は訊いた。

「奥様はそこの店先で雑貨を商っておられたのですね」

「はい」

「どんな物を商われたんですか」

「それはもう名の通り、一口には言えないほど雑多で。あちらの一角に笊《ざる》や箒《ほうき》や塵取《ちりと》り、こっちには、金物、瀬戸物、農具など……」と言っているうちに、勝子の低かった声がだんだん高くなり、「そしてその棚には乾物、お酒、お茶、塩などの日用品、それにお菓子……」

それまで寡黙だった勝子が、急に、嘘のように多弁でほがらかになった。しかも顔には明るい笑みが浮かび、目にも生き生きした光が宿っている。一体どうしたのだろう。英子はいぶかしんだが、なぜか自分まで気が弾んできて、

「まあ、そんなにたくさん。値段を覚えたり、値札をつけるのもたいへんだったでしょう」

「はい。とてもたいへん。でも、雑貨の商売は結構楽しゅうございましたよ」

「まあ、ほんとうに？」

家計のためにやむを得ずしていたと思われる商売を勝子は楽しかったという。無理にそう言っているのではないかと英子は疑ったが、勝子はそうでもない様子で、

「細々とした商いですが、店にはいろいろな人が来て話しこんでいきます。わたくしは口下手で自分から話すことはあまりないのですが、お客が話すのを聞くのが好きでした。話すだけで何も買わない人もいましたし、飴玉一個だけ買いに来る子どももいました。お客がだれ一人来ない日もありましたが、表を通る人を眺めるだけでも飽きませんでした」

勝子の心の風景が目に見えるような話ではあるが、そこには孤独の暗さがない。英子は思わず訊いた。

「聞くところによりますと、奥様は雑貨の商いをされたお金で、ご両親に孝養を尽くされ、亡くなられるとお葬式も出し、墓石までも建てられたとか。大したものですね。雑貨を商うって、そんなに儲かるものなんですか」

「は？」

英子のあけすけな質問に、勝子はびっくりしたようだが、すぐに手を小さく振って、

「いえ、いえ、細かい商いですもの、そんなに儲かるものではございません」

「じゃ、どうしてお葬式を出し、墓石を建てるほどのお金が貯まったんですか」

「はあ……」

勝子は答えに窮し、形のよい口をモゴモゴさせた。英子はあわてて、

「はしたないことをお訊きしてすみません。わたしは年中貧乏していますので、お金の儲かる秘伝があれば、どなたからでも教わりたいんです」と弁解した。

「オホホ。秘伝ですか。そんなものはありませんよ」

勝子は、おかしそうに袖口で口を押さえて笑い、

「田中の父は十一年間病床にありました。生活がだんだん苦しくなったので、わたし、どうしようかと悩みました。雑貨屋だけではどうしようもありません。そこで考えたんですが、毎年米を六斗ずつ村の水車に預けると、十年で六石になります。一石平均七、八円として、利子を加えると、金額にしておよそ六十円くらいになるって計算したんです。で、その通りになりました」

「まあ、十年もかけて？　気の短いわたしには真似できないほど根気のいる利殖ですわ。ご主人は、そのことをはじめからご存じだったんですか」

「いえいえ。正造には内緒でした。わたしのへそくりにするつもりでしたから」

「へそくり？」

しとやかな勝子に似合わない言葉に、英子はびっくりしたが、愉快にもなった。

「へそくりのはずがお葬式代や墓石代に？　ご主人はさぞ驚き、感謝したでしょう」

勝子の顔にいくらか得意そうな表情が浮かんだ。

「ええ、めずらしくお礼を言ってくれました」

「奥様はうれしかったでしょう」

「ええ、とても」

「そんなに思い出深いこの家を去って、桐生へ移られるとか。さぞおさびしいでしょう」

英子はこの慰めが言いたくて今日ここへ訪ねてきたのだが、勝子はきっぱりと否定した。

「さびしくはありません。桐生へはこれまでも行ったり来たりしていましたから。それに、今度

の転居は、わたくしから夫にそうしてほしいと望んだことですから」

「え？　ご自分から？」

答えがあまりにも意外すぎて、英子は信じられない気持ちだ。

「はい。田中が一刻も早くこの家を村に寄付したがっていることは前からわかっていました。義理の母の在命中はそうもいきませんでしたがもう亡くなったからには、この家はあなたのお考え通りにしてください、と、わたくしから申しました」

「まあ、桐生のお姉様のところに身を寄せられることもご自分から？」

「はい」

「お姉様はすぐ承知されたのですか」

「姉は実家の長女で、わたくしの後見人のつもりでいてくれますから、出戻りを引き取るのは自分の役目だから仕方がないと思っているようです。わたしにはそう言いませんが」

「まあ、出戻りだなんて、おかしいですわ」

ふつう出戻りは婚家を離縁され籍も抜いて実家に戻った女に使われる言葉だと英子は思っている。噂で、正造が天皇に直訴する前に妻を離縁したと聞いたような気がしているが、それは十年も前のこと。今ごろになって出戻りというのはおかしい。そんなとりとめのないことが頭をかすめたが、まさか初対面の勝子に訊けることではなかった。

「奥様のほうからこの家を出ると言われたとき、田中さんは何と言われたんですか。すまないとか、そんなに急いで出ていかなくていい、とか……」

英子が恐る恐る訊くと、勝子はサラリと答えた。

「いいえ。田中は正直な人ですから、わたくしの言葉を聞くと、うん、あ、そうか、とひどくうれしそうな顔をしました」

「何と、まあ」

英子は肩透かしにあったような気がした。勝子が自分からそんな犠牲的な提案をしたとすれば、可哀想な人、同情すべき人とばかり思っていた自分はひどい見当違いをしていたことになる。でもこれは嘘ではないだろうか。勝子は家を追い出される哀れな妻だと他人から同情されたくない、あるいは、夫正造を非情な男として世間の非難にさらしたくないという気持ちから虚勢を張り、自分から申し出したことにしているのかもしれない。もしそうなら相当誇りの高い人だ。意地っぱりといってもいい。英子は勝子という人の本音や人柄をいろいろ推測してみたが、初対面ではその真偽を確かめることなどできるわけもなかった。はっきりしているのは、この勝子に対してありきたりの安っぽい同情は不要だということだった。

帰り際になって、勝子がしきりに袖の上から腕をさすっているのが気になった英子は、思い切って訊ねた。

「リウマチがよほど痛むんですか」

「あら、お気づきでしたか。みっともないところをお目にかけました」

勝子はうっすらと顔を赤らめ、

「いえ、リウマチではなく、肘《ひじ》のところに瘤《こぶ》ができたのが気になりまして」

「瘤？　それはいけませんね。どうぞお大事にしてくださいませ」

英子はそう言って勝子の家を辞した。

帰宅してから英子は三四郎に言った。

「勝子さんを気の毒がったわたしは思い上がっていたようだわ。勝子さんはシャンと背筋を伸ばして、暗い話を明るい話に切り替える機知もあるの。正造さんの我儘《わがまま》をひたすら耐え忍ぶようなか弱き貞女なんかじゃなくて、自分のほうから忍耐を楽しんでるような強さを感じたわ。でもほんとうの内面はよくわからないけど」

三四郎は、さもありなん、というような心得顔をして、

「これでやっと、あなたも安心したでしょう？　で、勝子さんとは友だちになれそう？」

「もちろんよ。次に会ったときの勝子さんはどんな素顔を見せてくれるか楽しみだわ」

## 2

勝子はどういう内面をもった人なのかはっきりわからなくても、どこか惹きつけられ、友情に近い関心をもたずにいられなかった英子は、その次の年も桐生に移った勝子を訪ねた。勝子の肘にできた瘤が思ったより難物だったため、東京の病院で手術を受けたことへの見舞いもあった。

「わたし、東京に住んでいるんですから、奥様のご入院のことを知っていればすぐにお見舞いに行きましたのに、知らぬこととはいえ、失礼してしまいました」

「いいえ、とんでもない。見舞っていただくほどのことではなく、簡単な手術でした」

「でも一か月も入院されたと聞きました。さすがの田中さんも心配してとんでいかれたでしょう」

むごいと思いつつも英子は訊いた。勝子の青白い顔にチラと翳《かげ》がさしたが、

「いいえ、正造には、わたしのほうから来ないでと、あらかじめ言っておいたんです」

と、サラリとかわした。英子もさりげなくうなずいた。心中では、勝子さんはまたしても夫をかばっていると思った。英子は知っているのである。正造が妻の一カ月間にも及ぶ入院中、そのとき東京にいたにもかかわらず、一度も見舞いに行かなかったことを。それをほかの人から聞いた英子は立腹し、三四郎が止めるのも無視して、正造が妻に冷淡すぎると文句を言った。正造は英子にとっちめられ、私事よりも公の仕事を優先したから時間がなかったなどとブツブツ弁解につとめた。英子はそのことを伏せて勝子にこれだけ言った。

「奥様、差し出がましいようですけれど、病気のときくらいは甘えて、ご主人を側に呼びつけられたほうがようございますよ。そうでもしないと、ご主人は気づかないんです。谷中村の人以外にもかけがえのない大切な存在があるということに」

勝子はうつむき、何も答えなかった。だが、聡明な彼女は何かを感じとったようだった。

こういうことがあって以来、勝子のほうも英子を友だちとして心を許したのか、親しみ深い笑顔を見せてくれるようになった。

会うことが増えて、二人が慣れ親しむようになったとき、勝子はこんなことを言った。

「英子さんは、正造が汚いなりをして歩き回ってるのを見て何と思われますか」

「………」

英子は言葉につまった。勝子はさらに、

「夫にあんな恰好をさせておく、ひどい妻だと思っておられるでしょうね」

「そんなことは……」

「以前のわたしは、毎年着物を仕立て直して夫に送っていたのですよ。でも、正造が古い着物を送り返してくるのを見ると、これはわたしが送ったものじゃないと思うほど汚れがひどいのです。ただの汚れじゃなくて、クタクタに傷みきっているんです。もしかすると、正造は村のだれかと着物を取り換えっこしているのではないか？　などと思ってしまいます」

「なるほど。仕立て直しのきれいなほうをだれかにあげてしまって、代わりに相手のひどい着物をもらう。田中さんなら、大いにあり得ることですね」

「そんなことがたび重なると、わたしもがっかりして、着物を仕立て直す張り合いもなくなって、もう放っておこう、と思ってしまいます。主人も最近ではわたしに遠慮するのか、催促してきませんが、世間様はきっとわたしを悪く言っているに違いありません」

「いえ、世間は奥様に同情していますよ。それに、あれが田中さん流の飾らない身なりだとみんな見慣れて、だれも気にしません」

「飾らない恰好？　オホホ。ものは言いようですね。英子さんにそう言っていただいて気が楽になりました」

ところがしばらくして、着物に関することでとんだ事件がおきたのである。

次に英子が勝子に会ったとき、いつもの勝子らしくなく、平静さを失っていた。

「わたしは夫に、どんなに謝っても謝りきれないことをしてしまいました」

「一体、何があったんですか」

それは大正元年九月十三日、明治天皇のご大葬が挙行される時刻のことだった。正造は皇居の方角を向いて頭を下げたまま動かなくなった。側にいた人がわけを訊ねても返事がない。二十分ほどの後、正造はつぶやいた。「自分も元国会議員だからご大葬に参列できる。いや、参列せねば誠に恐れ多いのだが、なにしろ着物がない」と。

側にいた人々は正造の乞食のような姿を見つめ、言葉を失ったという。

「へえ？　田中さんでも着物を気にすることがあるんですかねえ？」

それが大したこととは思わない英子は半ば笑った。が、勝子は泣きそうな顔で訴えた。

「わたしは人づてにこの話を聞いたとき、夫に申し訳なくて、居ても立ってもいられなくなりました。あの人にとって明治天皇は特別な存在。そのご大葬に参列するのがどんなに大切なことか。わたしもそれをわかっていたのに、わたしは夫に面目を立てさせることができなかったんです」

「でも、突然のことだから」

「いいえ。ご大葬の日時は一般にも知らされていました。わたしの機転があれば、正装用の着物を大至急調達して、夫に届ければ間に合ったはずなのです」

「奥様が悪いのではなく、着物を至急用意せよと指示しなかった田中さんが悪いんです」

と、いくら英子が慰めても、勝子の嘆きには届かず、

「正造が頼んでくる前に、それを察して用意するのが妻の役目なのに」

と、どこまでも自分を責めつづけ、そのあげく、

「リンさんが生きていたら、さぞ怒ると思います」

「リンさんってどなたですか」

「二十年も前に亡くなった、正造の四歳下の妹で、わたしより四歳上の小姑です。わたしは正造の扱いをリンさんに仕込まれました」

と言って、勝子はリンという女性のことを話しはじめた。

リンは頭がよくて、器用で、よく気が回り、たいへんな働き者で、男の正造と女のリンを取り換えればよかったと周囲が言うほどの人だった。正造とは二人きりの兄妹で、そのせいか、仲のよいことは並大抵ではなかった。リンが二十歳で足利の大きな商家原田家に嫁にいった後でも、二人の絆は強かった。正造は何かと言うと、リンはこうだったとか、リンならこうするだろうとか、リンの美点をあげた。

リンは、兄正造のことをよろしくと、いつも勝子に頼んだ。正造は若いとき陰口をきかれたような馬鹿義侠ではなく、真の知勇のある正義漢であるが敵も多いからその分、身内のもので彼を守り、彼が存分に力を発揮して世の中のために働けるよう応援してやらねばならぬというのがリンの口癖だった。リンは口先だけでなく、実際の行動でも正造を守る模範を示した。

正造が遠い江刺の獄に捕われたとき、リンの夫の原田璉三郎が正造の実父富蔵とともにわざわ

ざ江刺まで正造に面会に行ったのも、間接的にリンの依頼だったかもしれない。また、正造がはじめて衆議院選挙に立候補したときは原田家までが反対派に襲われたが、一族こぞって正造を守った。一家をそうさせるほどリンの存在は大きかったのだ。

リンに触発された勝子は、生まれてはじめて選挙というものに興味関心をもち、その後の夫の選挙戦で陰の力を発揮するようになった。

リンの功績の最たるものは、長男原田定助を大の正造支持者に育て上げたこと。定助は生涯、伯父正造夫妻を物心両面で支えつづけることになった。

「リンさんはそれほどの恩人ですが、まだ四十九歳の若さで急死してしまいました。もしリンさんが生きていたら、今回のように、正造がご大葬に参列できないような失態を演じさせなかったと思います。わたしはこの年になってもまだリンさんに及ばない自分が恥ずかしい」

と嘆く勝子を見て、英子はハッと気づいた。勝子の夫正造への献身の根底には一つはこのリンの存在があり、勝子は常にリンを見習いつつも、いつかはリンを乗り越えようとわが身を駆り立ててきたのではないかと。

英子は、この慎み深い人にも秘められた女の意地のようなものがあるのを感じた。

大正二年は英子にとって辛く悲しいことが重なった。

一つは、九月に、生涯の師としていた田中正造が亡くなったことである。もう一つの悲しみは、その半年前の三月、石川三四郎がベルギーへ亡命したことである。社会主義者である彼は執拗に追ってくる官憲の目を逃れるために、前年あたりから国外に亡命することを考えていたが、英子に引き止められることを恐れて土壇場まで黙っていた。英子はそんな三四郎に欺かれたように思い、しばらくは立ち直れなかった。

ちなみに、七年後の大正九年、三四郎が帰国したと聞いたとき、五十六歳の英子が鏡を見ながら、「わたし、こんなおばあさんになってしまって」と嘆いたのを、そのころ英子の娘のように身近にいた池上チヨは知っている。

当時英子に短歌の指導をしていた木下尚江は、彼女を慰めるためか、わざとからかうように、〈春風や六十路の乙女恋に泣く〉と詠んだ。

英子は正造の死後も谷中村への支援をつづけた。

谷中村へ行った折には、足を延ばして桐生の勝子を訪ねることもあった。勝子は夫の死に気落ちした様子も見せず、明るく気丈に振る舞った。

ある春の宵、英子が勝子の家に一泊したとき、夕食の膳に酒がついているのを見て驚いた。

「たまにはごいっしょにいかがですか」

と勝子はニコニコしながら言う。

「まあ、奥様はお酒をたしなまれるんですか」

「ええ、桐生に来てから、ほんの少々」

勝子は澄まして答えた。

「ご主人とごいっしょに飲まれました？」

「いえ、ぜんぜん。内緒にしてました。ウフフ」

夫が亡くなり、遠慮がなくなったせいで、酒のことを隠す必要がなくなったらしい。

「英子さんもお酒は強いんでしょう？」

かつての女闘士だもの、と勝子は言わんばかりだ。

「みんなにそう言われますけど、わたし、酒は強くないんです」

「少量なら楽しいものですよ。ほんの少しでいいからお飲みになって」

と、勝子はめずらしく年長者の貫禄を見せて、命ずるように言った。

英子は逆らえずに猪口に口をつけた。勝子は手酌で飲む。あわてて英子が注ごうとすると、勝手にやるから気を遣わないで、と言い、ほんとうにうまそうにたて続けに飲んだ。

いつの間にか勝子の目元はほんのり赤くなり、なまめかしくさえあった。いつもの黒っぽい木綿の着物姿に変わりないのだが、衿元から抜けるように白い肌がのぞいている。英子は別人の勝子を見たように思い、へえ？　こんなに艶《つや》っぽい人なんだと改めてじっと眺めた。

勝子は英子の猪口に何度も酒を注ぐ。

飲めない酒を飲んでいるうちに、英子は自分でも予期しなかったことを口走った。

「奥様は長い間苦労なさったんですから、もう、ここいらでご自分を解放してください。お酒を飲み、おいしいものを食べて、おしゃれをして、のんびり楽しくお過ごしください。これからはその鎧《よろい》のような陰気な黒い着物を脱ぎ棄てて、柔らか物をお召しになってください。地下の田中さんもそう望んでいると思いますわ」

「あら、英子さん、もう酔ったんですか。ほんとに弱いのね」

勝子は笑いながら言った。英子は無理をしてシャンとして見せ、

「酔ってはいませんよ。わたし、何か失礼なことを言いましたか」

「鎧のような陰気な着物というのはちょっとひどいナ……。田中にいつもボロを着せていたわたしは、自分も一生木綿しか着ないと決めているんだから柔らか物などは着ません」

と、大きなお世話だと突っぱねるように言うので、

「田中さんはもういないのです。義理立てすることなんかないんですよ。ウイー」

と英子は酔ったふりをした。そのついでに、ずっと気になっていたことを訊ねた。

「奥様と田中さんは離婚されたという噂を聞いたことがあります。あれはほんとうですか」

勝子はおもむろに一口、猪口の酒を飲んでから答えた。

「田中が天皇直訴に及んだときの噂でしょう?」

「ええ」

勝子は英子を見据えて、大きく息を吐き出した後、きっぱり言った。

「わたしたち離婚はしてませんよ。あの噂は嘘」

「あ、嘘だったんですか。ごめんなさい」

「謝ることはないわ。わたし、あのとき、その噂を聞いてうれしかったんだから」

と勝子は妙なことを言う。

「うれしかった？　奥様は田中さんと離婚したかったのですか？」

「そういうわけじゃないの。わたしは離縁を申し渡されても応じるつもりはなかったけど、正造があの事件でわたしにまで累が及ぶのを恐れて、籍を抜こうとしてくれた、つまりわたしを守ろうとしてくれた、そのことに感激したの。あの人がわたしのことを気にかけてくれた。それだけで、離婚の噂はとてもうれしかった」

「で、その先はどうなりました？」

「わたしは、正造の口からじっさいにいつ離婚の話が出るのかと待ったわ。でもいつまでも出ない。たまりかねてわたしのほうから、こんな噂を耳にしたと言ったら、正造はキョトンとして、離婚？　何でだ？　これでおしまい。アハハ」

「なあんだ、アハハ」英子もつられて笑った。

「正造は直訴の計画と実行だけで頭がいっぱい。妻にどんな災いが及ぶかなんてぜんぜん念頭になかったのよ。それなのにわたしったら、わたしのことを思いやってくれるなんて思いこんで、とんだぬか喜びだったわ」

「ぬか喜びだなんて、ほんとうの離婚に至らないでよかったじゃないですか」

「それはそうだけど、わたしのために離婚を考えてくれたのではなかったとわかって、わたしは何だか口惜《くや》しくなって、正造に言ってやったの」

「何て？」

「あの事件を知ったときのわたしの恐怖をわかってほしい、って。だって、佐倉宗吾の直訴の例でも奥さんまで極刑になったそうでしょう。あなたは即日釈放されたけど、いずれ呼び出されて死刑になるにちがいない、妻のわたしもいっしょに死刑になるのかと思うと恐怖でいっぱいだった、あんな思いは二度としたくない、って」

「そうしたら田中さんは何て言いました？」

「二度目はねえよ、でおしまい。離婚の噂話もおしまい」

勝子はすっかり酔いが回ったらしく、饒舌になった。

「田中にはよくぬか喜びをさせられたわ」

「ぬか喜びがまだあるんですか」

「もと養女だったタケが言うには、正造はわたしの老後を心配して、わずかばかりの山林を残そうとしたことがあるらしいの。私有財産をもつことを徹底的に嫌う人がわたしのためにそんなことを考えたのかと感激したけど、これもいつのまにか沙汰止みになってしまって。つまりこれもぬか喜び。山林なんか欲しくはないけど、夫のわたしへの思いやりを感じてうれしかったし、それに世話になっている姉の家族への手前もあって、正直、ちょっぴり期待したのに。あら、わたしってものほしげな浅ましい女だということを暴露しちゃったかな」

「いいえ、そんなことはありません。それがふつう。当然の期待ですよ」

勝子の姉家族は優しく寛大な人々だそうだが、勝子にすれば身内ならなおさらだれにも言えない気兼ねがあるだろう。正造はせめて少々の山林を贈ったらよかったのに、と英子は思いながら勝子を慰めた。

「田中さんの思いやりに嘘はなかったと思うけど、紆余曲折があって実行できなかったんでしょうね」

　勝子は急に、うれしいことを思い出したように叫んだ。

「ぬか喜びじゃなくて、ほんとうにわたしを喜ばせてくれたのはスイカ」

「スイカ？」

「ええ。正造は臨終に近いとき、つき添っていた方にスイカの汁を飲ませていただいたの。よほどおいしかったとみえて、うまい、と、声を上げた後、何と、ババアにもやってくれと言ったんですよ。側にいたわたしは一瞬耳を疑ったわ。あの人がわたしのために何かを与えてやってくれなどと頼むなんて信じられないもの」

「で、奥様はスイカを召しあがったの？」

「いいえ。つき添いの方は、『はい』と奥へ引っこんだまま、何か別の用があって取り紛れたのか、それっきり」

「じゃ、それもぬか喜び？」

「いいえ。ババアにもやってくれと言った田中の言葉を、わたしははっきりこの耳で聞いたから、ぬか喜びではないけど、食べなかったのだから、これもまぼろしみたいなものかな。正造も逝ってしまって……これもまぼろし……」

　最後のところはつぶやきになった。眠ってしまうのかと思ったら、また、はっきりした声で、

「英子さんは正造の左右の目の大きさが違うこと知ってました？」

「ええ、知ってましたよ」

「右目が大きくて怖い。左目は小さくて優しい。小さい目の中に瞳が二つあるみたいにキラキラすることがあったの。よほど喜んだときでないとそれは見えてこない。わたしはその二つの瞳を見たくて、夫を喜ばせようと、無理な頼みでもつい引き受けてしまい……」

何を言いたいのかよくわからないが、それは勝子なりののろけかもしれないと、英子はある種の救いを感じた。それと同時に、勝子が五十年以上にもわたってまとってきた「貞女」「賢夫人」という名の鎧を、ほんの少しでも脱いで生身の姿を見せてくれたことに安堵した。酒の勢いとはいえ、そこには勝子がずっと正造を慕い、求めながらもその思いが届かないもどかしさや悲しみが素直に告白されていると感じられ、英子は勝子のいじらしい一面を知った。

## 3

池上チヨが福田英子に同行して栃木で元谷中村民の女たちからの聞き取り取材を始めてから六年になった。途中からは英子の体調が悪くなったため、チヨ一人で出かけることが多くなった。チヨはいつしか、英子のつき添いとしてではなく、この仕事をこの村で生まれ育った自分の使命と思うようになっていた。

福田英子は昭和二年六月に亡くなった。それから一年がたち、チヨとしてはこの仕事もそろそろ大詰めかな、と思っている。取材で訪ねて行く相手も年老い、記憶も定かでない人が増えたからである。

しかしこれを終える前にどうしても会わねばならない人がいた。それは田中勝子、田中正造の妻である。正造が亡くなって十五年になるが、勝子夫人は健在である。

有名な田中正造の妻である勝子は、チヨがこれまで訪ねた名もなき女性たちとは違うと思い、はじめから聞き取りの対象から外していた。

だが生前の英子は、勝子にはぜひとも一度会うようにとチヨに勧めた。

「勝子さんも間違いなく鉱毒事件の被害者よ。あの事件のために夫の田中さんを谷中村に奪われ、ほとんど寡婦のような暮らしを長年余儀なくされた。田中さん自身や鉱毒運動のことを書いた文書は山ほどあっても、勝子さんのことを書き記したものは何もない。すべて夫の名の陰に隠れたまま、存在さえ忘れられてる。だからせめてわたしたちが勝子さんの心情を聞き取って、記録しておくのが務めだと思うよ」

「でも、英子さんはすでに勝子さんと親しくおつきあいして、お話もしておられるのですから、それで十分じゃありませんか」

「わたしが聞き漏らしたことは結構あるはずよ。時が過ぎて、あなたのように若い女性が訪ねていけば、また新しいことを話してくれるかもしれない」

チヨは賢夫人とか貞女の鑑など言われる人との面談は苦手だから、英子にそう言われても会う気などなかった。

だがそうもいかなくなったのは、英子が亡くなる少し前にチヨに託した物があったからだ。

「これは行商で扱った売れ残りの反物だけど、田中勝子さんに似合うと思ってとっておいたものなの。そのうち、わたしの形見だと言ってあなたから渡して頂戴」

その反物は薄鼠色の上品なお召縮緬《めしちりめん》で、自分自身を含め、周囲にも木綿しか着ない人ばかりを見慣れているチヨの目には、かなり気取った品に感じられ、質素だと聞いている勝子がこんなものをもらって喜ぶだろうかと思った。形見というのも気にかかる。

「形見だなんて、縁起でもない。預かれません」

「形見がだめなら何とでも言い換えればいいよ。どうせ売れ残りだから気にするほどのものじゃないの」

「売れ残りだって、ただで仕入れたわけでもないでしょうに」

「あなたにはもっと高級な品をとってあるからね」

「わたしにもくださるの？」

「そうよ。あなたはわたしの娘のようにつき合ってくれたから、ご褒美として」

「ああ、それならうれしいわ」

確かに自分はよくも悪くも娘のように遠慮なく英子に寄り添ってきたと思う。でも英子より相当年上の田中勝子にご褒美をあげるなんて、何だか変だと思った。

そのうちに、と英子は言ったけど、まだまだ長く生きられると思っていたらしい。いっしょに住んでいる次男俠太がもうすぐ家を建てる計画で、英子は東京に出てからはじめて自分の家に住むことができると楽しみにしていたのに、新しい家を見ることなく死んだ。

チヨはそのときの英子との会話をすっかり忘れていたのだが、福田家から英子の一周忌の法要に招かれたとき、俠太の妻がその反物を出してきて、よろしくお願いします、と、チヨに手渡した。

そういえば英子とそんな約束をしたと思い出し、仕方なく受け取ってきたのである。

だが、なかなか栃木に行く機会がなかった。荷物を送るという方法もあるが、それでは英子の遺志が伝わらない気がして、どうしても手渡ししなければと思いつつ、日にちが過ぎてしまったのである。

八月も終わりの、朝から雲一つなく晴れ渡り、そよとした風さえもない日だった。このぶんなら栃木はもっと暑いかもしれないと、ついチヨの足は鈍ってしまう。でももうすぐ夏休みが終わり、親元に帰省している寄宿生たちが戻ってくれば、舎監の仕事は忙しくなる。自由に遠出することがますますしにくくなるばかりだから、どうしても今日行こうと思いたってチヨは家を出た。正しく言えば自宅ではなく、チヨが舎監として勤めている東京三田の私立花東女学校の寄宿舎である。

田中勝子はそれまで住んでいた桐生から、今は田沼町の妹の嫁ぎ先に移っている。

チヨが田沼町にたどりついたのは、日中で最も暑い二時ごろだった。全身汗だく、目の中にまで額の汗が流れこむほどだった。

母屋の後ろにある勝子の隠居所は、八畳ほどの部屋で水屋もついている。部屋の隅には古びた鏡台と衣桁があるほか、こまごまとした生活調度品がキチンと置かれ、まるで客が来ることを予期して整理整頓したかと思われるほど整然としている。いつも身ぎれいで几帳面な人だと英子から聞いていたが、その通りである。

勝子は黒い色の単衣《ひとえ》をシャキッと着ている。

「お手紙でお知らせすることもなく、突然伺って申し訳ございません」

と謝るチヨに、勝子は静かに首を振り、

「とんでもありません。東京からこんなところまではるばる来ていただいて、かえって申し訳ありません。ところで今日は、寄宿舎のほうはよろしいのですか。お嬢ちゃんは？」

チヨが、私立女学校の寄宿舎の舎監をしていること、そこで私室を与えられ、娘とともに暮らしていることを、英子から聞いて覚えていてくれたらしい。

「はい、今は生徒たちが夏休みなので、舎監のわたくしも少し自由な時間がとれます。それに娘ももう十歳になりましたから、一日くらいは一人で留守番できますので」

「お母様に似て、さぞ可愛いお嬢ちゃんでしょうね」

「いえいえ」

などと他愛ない話をしながら、勝子はチヨに手拭いを冷水でしぼって出してくれたり、冷たくておいしい水を飲ませてくれたり、甲斐甲斐しくもてなした。

英子がよく言っていたように、勝子の顔にはとりたてて目立つシミや皺もなく、背筋を伸ばしてテキパキ動く様子はとてもまもなく八十歳になる人とは思えない。チヨの全身の汗が引き、落ち着くのを待ってから、

「ちょっと失礼します」

と、勝子は立ち上がり、草履を履いて母屋のほうへ行った。

チヨがその後ろ姿を見送っていると、チリリンと風鈴が鳴った。見上げると、隠居所の軒下で、上にミズゴケを配した、南部鉄製の風鈴が涼やかな音をたてている。

「あら、いい音」

まだ火照《ほて》りが残るチヨは独り言を言い、暑さを和《やわ》らげてくれるその音がうれしくてジッと耳を傾けた。勝子が戻ってきてチヨの視線を追いかけ、微笑《ほほえ》んだ。

「あの風鈴はわたしがまだ小中村にいたときからのものなんですよ。お盆になるとああして吊るして、主人やそのほかの亡くなった方々を思い出して風鈴供養をするんですよ。わたしが勝手に名づけた、何もしない名前だけの供養ですけどね」

そう言って勝子は手の甲で口元を隠して、ホホと笑ったが、すぐ気づいたように、

「そう言えば福田英子さんの命日がもうすぐですね」

「いいえ、命日は過ぎました。五月六日に一周忌を済ませました」とチヨが訂正すると、

「おや、そうでしたか。福田さんの命日はお盆ごろだと思っていました。大恩人の命日を間違えるなんて、わたしも耄碌《もうろく》してしまって」

「いいえ。命日を気にかけていただくだけで、英子さんは喜ぶと思いますよ」

チヨはまるで英子の娘であるかのように言った。勝子はじっと風鈴を見上げながら、

「英子さんはまだ六十三歳だったと聞いております。亡くなられるなんて早すぎましたね。何か

持病でもあったのでしょうか」

「以前から脚気《かっけ》の気はあると聞いていました。でも、恐らく過労でしょうね」

「病気なのに生活のために無理をされたようですね。おいたわしい」

勝子は英子の貧窮ぶりをうすうす知っていたような口ぶりである。

チヨは英子の形見の品を渡すのは今だと思い、もってきた風呂敷包みをほどいて反物を取り出した。それを勝子の前に押しやって、

「これは英子さんから奥様に渡してほしいと言われてお預かりしていたものです。もっと早くお届けしなくてはと思いながら、遅くなりまして申し訳ございませんでした」

「まあ、英子さんがわたしにどうしてこのような立派なお品を？」

「奥様にご褒美を差し上げたいと言われました」

「え？　何のご褒美でしょう。こちらこそ英子さんには言葉に尽くせないほどのご恩を受け、お礼をしなければならなかったのに」

勝子はすぐには手を伸ばさず、すくんだように距離を置いたまま反物を眺めた。

チヨは英子の残した言葉に自分の憶測を交えて話した。

「奥様がご主人の死後、谷中村の不当廉価買収訴訟を引き継がれたことに英子さんはたいそう感激していました。ふつうならご主人が亡くなられた後は、もうあの村からさっぱり手を引いてしまってもいいはずなのに、奥様はご主人の遺志を継いでどこまでも残留民に寄り添ってくださると。ご褒美はそういう奥様のお気持ちに対してなのではないでしょうか」

勝子はうなだれ、じっと噛みしめるようにチヨの話を聞いた。

かなりの間をおいてから勝子は、まっすぐ目を上げてチヨに言った。

「そんなふうに思ってくださると、お恥ずかしくて身が縮みます」

「なぜですか」

「正直に申し上げますと、わたしは主人が亡くなった後、ああ、これで谷中村との縁も切れたと思いました。木下尚江さんや逸見斧吉さんの意見と同じく、もう谷中村の復活は無理だと思ったからです。田中に死なれてわたしの心に空洞のようなものができましたが、それとともに、わたしが田中の運動を必死で支えてきた意味は何だったのだろう、そもそも田中の運動は谷中村のみなさんのお役に立ったのだろうかという疑問が湧いてきました」

思いがけない告白を聞いてチヨはうろたえた。だが共感するところがないわけではなかった。

「少しわかるような気がいたします」

チヨが言うと、勝子はかえって苦しげな表情をして、

「ところが英子さんは、みんなが手を引いても独り谷中村の支援をつづけたのです。わたしは申し訳なくもあり、ふしぎでもあり、英子さんもうやめてくださいと、お願いしようと思いました。絶え間なく洪水に襲われるこの村ではもう何をどうすることもできませんから、諦めてくださいと」

「そのお気持ちもわかります」

「でもそう頼む前に、ふと英子さんが前に言われたことを思い出したのです。田中さんはこの闘

いを楽観してはいないけど、村人が少数でもがんばっている限り、自らが堤防となって谷中村と村民を守ろうと覚悟していられるように思えます。だからわたしも非力ながら田中さんにつづいて最後まで堤の一部分になりたい。葭で編んだようなはかない堤であっても、という言葉でした」

「………」

「わたしはその言葉を思い出して、自分は何と愚かだったのだろうと恥じました。そして、わたしも英子さんの気持ちに近づきたい。わたしにやれることがないだろうか。そしてようやく考えついたのは、谷中村の不当廉価買収訴訟の引き継ぎだったのです。たったこれだけのことで英子さんに褒められる資格などないのがおわかりでしょう？　ご褒美などとてもいただけません」

チヨは困惑した。律儀な勝子が言うことはわかるが、だからといって、どうしろと？

「奥様、わたし困ってしまいます。これをもち帰るというわけにもいかないし……」

チヨにそう言われて、さすがに勝子は非礼と感じたのか、優しく、ごめんなさいね、と謝った。このときとばかりチヨは、勝子の側ににじりより、両手で反物をスルスルと広げて勝子の肩にかけた。何とも言えない美しい色合いである。

「まあ、おきれい。色白な奥様にはこの薄鼠の色合いがほんとうによく映ります。ほら、ご自分でご覧になって。さあ、こっちに」

と、チヨは勝子を強引に立たせて鏡台の前に連れていき、少し乱暴なくらいの勢いで鏡の被いを払った。勝子はもうあらがわずに、チヨにされるがままだ。

「ほら、よく似合ってるでしょう？」

「ええ、ええ」

勝子は鏡に映る自分の姿を見て、恥じらうように微笑んだ。その後、「あ、あのことだわ」と小さくつぶやいた。

「え？　あのことって何ですか？」と問うチヨに勝子は、

「いつか英子さんは、わたしがいつも黒っぽい木綿の着物を着ているのは陰気だから、これからはその鎧を脱いで柔らか物を着なさいと忠告してくれたことがありました」

「鎧？」

「ええ、わたしは主人にボロを着せて、自分だけいい身なりはできないときめていました。だからいくら英子さんに忠告されても鎧を脱ぎませんでした。そんなわたしに、英子さんが天国から贈り物をしてくださったのかしら」

風鈴がチリリンと鳴った。姿の見えない英子が、そう、そう、とうなずいたかのような音だ。

勝子の想像に、チヨもほんのりとした幸せな気持ちになって、

「きっとそうですね。英子さんって、すぐそういうお節介をしたがる人でした。ご褒美などというより、お節介な贈り物と思ってぜひ、受け取ってあげてください」

「ほんとに英子さんという方は、ご自分も決して楽ではなかったはずなのに、いつもだれかのためにばかり……」

勝子の語尾が震えたかと思うと、あっという間に大粒の涙がその白い頬を伝った。

勝子さんは強くて決して涙を見せない人だと英子から聞いていたチヨはびっくりし、つられて泣きそうになった。だが涙で反物を汚しては台無しだと、あわててこらえた。

そのとき、母屋のほうから砂利を踏んで隠居所にやってくる軽い下駄の音がした。

そちらを見ると、木の盆を両手で危なかしげにもったおかっぱ頭の七、八歳くらいの女の子が現れた。盆の上の皿にはスイカが盛られている。少女は甲高い声で、

「勝子おばあちゃん、これをどうぞ」

と、大人に教えられたようなていねいな言葉を使い、濡れ縁に盆をガチャンと置いた。その丸い好奇の目は、鏡台の前で反物を肩に当てて泣いている勝子と客のチヨを凝視している。

「おやまあ、カツちゃん、ありがとう」

勝子は、あわてて手巾で涙をふきながら、カツちゃんをねぎらい、

「ほら見て。おばあちゃんはこんなきれいなおべべを、この方からもらったの」

「ふうん」

カツちゃんが首をかしげた。それからピョンピョン跳ぶようにして立ち去った。

「あれはわたしの妹のムラの孫娘。わたしと同じ名前なんですよ。もう可愛くって」

と勝子は言いながら、広げた反物をていねいに巻き直し、軽く頬ずりした。

その後で勝子とチヨは、カツちゃんがもってきてくれたスイカを食べた。スイカは冷たく、甘くおいしかった。

「このスイカはね」

勝子はスプーンを上品に使ってゆったりと食べながら言った。

「旧谷中村の方から毎年いただくんですよ」

「はあ？」

「今はみなさん散り散りになりましたけど、それでもこんな遠いところまで持ってきてくださる方がいるんです」

「田中さんが亡くなって十五年すぎたのに、奥様と旧谷中村の人のおつき合いが今もつづいているのですか」

「はい。おつき合いというほどのことはありませんが、こんなわたしのために、ときどき、お米や野菜や果物などをリヤカーに載せて届けてくださるんです。むかし正造に世話になったと言って。わたしはいまだに正造の徳にすがって生きております」

勝子は、英子に話したスイカにまつわる話をチヨにはしなかった。

風鈴がまた鳴った。今度は長く尾を引く音だった。

「スイカに風鈴、さっきおっしゃった風鈴供養にピッタリの光景ですね。英子さん喜んでいると思いますわ」

チヨがしみじみ言うと、勝子はふと思い出したように、

「英子さんはクリスチャンだから、供養などと仏教臭いことをされると怒られるかしら」

チヨは強く首を振った。

「そんなことありませんよ。以前は確かに仏教臭いことを嫌っていましたが、最愛の末っ子の千

秋さんを亡くしてからは、仏壇に線香をあげて祈ってました」

「よかった。それならわたし、この反物を仕立てて、英子さんのお墓参りに行きますわ。お墓はどこにあるんですか」

「東京駒込の染井墓地内にあります」

「ずいぶん遠いのでしょうね。もうすぐ八十歳になるわたしはとても一人では行けません。いつかチヨさんのお時間のあるとき、連れていってくださいませんか」

「ええ、喜んで」

鎧を脱ぎ、英子の贈った着物を着た勝子とチヨが並んで墓参りをしたら、英子はどんなに喜ぶだろうと思う。

そのとき、さっき来たカツちゃんがまた駆け込んできて、手に握りしめた紙片を勝子に差し出した。勝子はそれを受け取って書かれた文字を読んだとたん、年寄りとも思えない歓声をあげた。

「まあ、よかった、バンザーイ」

何事かといぶかるチヨに勝子は叫んだ。

「正造が可愛がっていた人が選挙で勝ったんですよ。わたし、選挙となると正造のことを思い出して血が騒ぐの。ワクワクするの」

何という女《ひと》だ、この年で血の気の多かった英子さんに負けないくらいだわ。チヨは呆気にとられた。そしてこうも思った。夫と離れて暮らすことの多かった勝子だけど、心はいつも彼の側にいて、彼とともに闘った思いが今も彼女の心の中にたぎっているのだと。

勝子は嘉永年間に生まれて、明治、大正を生き抜き、昭和十一年に八十八歳で亡くなった。

# 参考文献


『明治維新』田中彰、岩波ジュニア新書
『幕末から維新へ』藤田覚、岩波新書
『自由民権』色川大吉、岩波新書
『自由民権運動』松沢裕作、岩波新書
『田中正造――未来を紡ぐ思想人』小松裕、岩波文庫
『真の文明は人を殺さず』小松裕、小学館
『田中正造全集』（全十九巻＋別巻一）田中正造全集編纂会編、岩波書店
『田中正造の近代』小松裕、現代企画室
『田中正造文集』（全二巻）由井正臣・小松裕編、岩波文庫
『田中正造』由井正臣、岩波新書
『田中正造翁余録』（上・下）島田宗三、三一書房
『田中正造の生涯』林竹二、講談社新書
『残照の中で』大場美夜子、永田書房

『福田英子――婦人解放運動の先駆者』村田静子、岩波書店
『近代岡山の女たち』岡山女性史研究会編、三省堂
『妾の半生涯』福田英子、岩波文庫
『安曇野』（第二部）臼井吉見、ちくま文庫
『白い河――風聞・田中正造』立松和平、東京書籍
『毒――風聞・田中正造』立松和平、東京書籍
『自由民権運動と女性』大木基子、ドメス出版
『日本キリスト教婦人矯風会百年史』日本キリスト教婦人矯風会編、ドメス出版
『辛酸――田中正造と足尾鉱毒事件』城山三郎、角川書店
『田中正造とその周辺』赤上剛、随想舎
『評伝　内村鑑三』小原信、中央公論社
『内村鑑三』鈴木範久、岩波書店
『内村鑑三』関根正雄、清水書院
『内村鑑三』森有正、講談社
『古河歴史博物館紀要』（第九号）古河歴史博物館編、古河歴史博物館
『田中正造と古河町民』古河歴史博物館
『田中正造カツ書簡54』足尾銅山鉱毒事件田中正造記念館・まなびや講座資料
『敗者学のすすめ』山口昌男、平凡社

『田中正造記念館ブックレット』（第一号～第六号） 足尾銅山鉱毒事件田中正造記念館
『教現』（第一号～第十二号） 田中正造大学出版部
『増補 田中正造たたかいの臨終』 布川了、随想舎
『改訂 田中正造と足尾鉱毒事件を歩く』 布川了・堀内洋助、随想舎
『小説 田中カツ』 渡辺順子、随想舎
『かつ子さんと正造さん』（その一、その二） 廣木雅子、足尾銅山鉱毒事件田中正造記念館・まなびや講座資料
『谷中村滅亡史』 荒畑寒村、岩波文庫
『新版谷中村事件』 大鹿卓、新泉社
『辛酸』 城山三郎、角川文庫
『田中正造』 佐江衆一、岩波ジュニア新書
『鉱毒に消えた谷中村』 塙和也・毎日新聞宇都宮支局編、随想舎
『語りつぐ田中正造』 田村紀雄・志村章子、社会評論社
『谷中村村長茂呂近助』 谷中村と茂呂近助を語る会、随想舎
『松本英子の生涯』 府馬清、昭和図書出版
『平塚らいちょう――近代と神秘』 井出文子、新潮選書
『平塚らいちょう』 米田佐代子、吉川弘文館

# あとがき

没後すでに百年を超えたにもかかわらず、日本に大きな悲劇的事件がおきるたびに思い出される田中正造。明治時代から「真の文明は山を荒さず、川を荒さず、村を破らず、人を殺さざるべし」と訴えつづけた田中正造の洞察力、先見性が今改めて多くの人々の心によみがえる。

この田中正造の思想や行動を研究する学者、研究者、郷土史家はたいへん多く、従ってそれに関する研究書、史料も数え切れぬほどある。

ここ数年来、遅ればせながら田中正造に関心をもつようになった私は、これら研究書、文献などを読み、研究会などにも入って勉強をしはじめたが、学べども学べども、巨木のような田中正造という人物に近づけたという確信が到底もてないのは事実である。

そんな私がなぜ、本書のような小説を書こうと思い立ったのか、そのきっかけは、ある女性史関係の会誌の小さなコラムに、若き日の正造が村娘カツを妻にする際の武勇伝が書かれているのに目をとめたことだった。おかしくておもしろい話だけれど、あの田中正造にしてほんとうにそんなことがあったのだろうか、と信じられなかった。そこで片っ端から文献をあたってみると案の定、諸説まちまち、定説はなかった。

そんなわけで正造のいくつかの武勇伝は不確かということで終わりにしたが、それ以降、単なる伝説にひかれることなく自分で地道に調べて、聡明な献身妻とうたわれたカツのじっさいの考えや行動を知りたいと思った。だが、彼女の資料は少なく、十分にカツという女性の実像は調べられなかった。

カツに限らず、当時の村の女たちの記録はほぼないに等しいことがわかった。古い時代のなごりか、女性は記録の対象にならなかったらしい。

足尾銅山鉱毒事件で闘った田中正造には味方もいれば敵もいた。当然女たちも、正造に味方するにしろ、敵対するにしろ、男たちと同じに、それぞれの思いを主張したはずである。だが、そんな彼女たちの思いは記録もなく、葭《よし》の原に埋もれたまま消えてしまった。

私は気づいた。後の世に田中正造を伝えていくとき、彼とともに生きた名もなき鉱害被害者の女たちの声も伝えていかねばならないのではないかと。

だが、前述したように女たちの資料が不足している以上、乏しい史実だけですべてを綴《つづ》ることはできない。そこでやむを得ず小説の形式をとったが、先人、先達の方々の貴重な資料をゆがめぬよう、できうる限り史実に忠実であることを心がけた。

なお、この小説のための調査をしながら私が感銘を受けたのは、福田英子の、田中正造と谷中村支援への揺るぎのない信念であった。多くの人々は最終的に田中正造のもとを去った。それにはそれなりの理由があり、一概によいとも悪いとも言えないのだが、福田英子だけは一貫して支援をつづけたことに深い意義を感じる。

今日、福島や沖縄その他で、自身には何の咎《とが》も責任もないのに極めて苦しい状況におかれている人々を私たちが支援するとき、ぜひとも思い出したい女性だと思う。

本書を書くにあたってたくさんの方々のお世話になりました。特に「田中正造に学ぶ会・東京」「足尾銅山鉱毒事件田中正造記念館・まなびや」「谷中村の遺跡を守る会」の皆様、ありがとうございました。厚くお礼申しあげます。

また、出版にあたっては、作品社の青木誠也氏から懇切なご助言やご協力をいただきました。深く感謝申し上げます。

二〇一七年九月

秋山圭

秋山圭（あきやま・けい）
東京生まれ。青山学院大学英文科卒。多摩女性史研究会所属。「田中正造に学ぶ会・東京」所属。著書に、『源内櫛を挿す女』、『小説 千葉卓三郎』、『いとしきもの すこやかに生まれよ』（歴史浪漫文学賞創作部門優秀賞）、『銅版天狗』（新風舎出版奨励賞）、『丘に鳴る風』（埼玉文芸賞準賞）などがある。

葭《よし》の堤《つつみ》

女たちの足尾銅山鉱毒事件


2017年10月25日初版第1刷印刷
2017年10月30日初版第1刷発行

著　者　秋山 圭
発行者　和田 肇
発行所　株式会社作品社
〒102-0072　東京都千代田区飯田橋2-7-4
TEL.03-3262-9753　FAX.03-3262-9757
http://www.sakuhinsha.com
振替口座00160-3-27183

装　幀　水崎真奈美（BOTANICA）
本文組版　前田奈々
編集担当　青木誠也
印刷・製本　シナノ印刷株式会社

ISBN978-4-86182-654-2 C0093